I0632924

# DIS-MOI DE LUTTER

## CHARLOTTE BYRD

BYRD BOOKS, LLC

## À PROPOSE DE DIS-MOI DE LUTTER

Je suis un homme qui prend ce qu'il veut.

**Ce que je veux ? Elle.**

Olive Kernes avait une dette envers moi et elle pensait qu'elle l'avait remboursée.

**Mais maintenant, je veux plus.**

Je veux plus que son temps.

Je veux plus que son corps.

Sa nouvelle vie nous a déchirés.

Maintenant, c'est à moi de réparer les choses.

**Je rapprocherai les morceaux de notre amour si c'est la dernière chose que je fais.**

Mais puis-je le faire à temps ?

**Plongez dans le dangereux cinquième livre de la nouvelle et addictive série TELL ME de l'auteur à succès Charlotte Byrd.**

ÉLOGES FAITS A CHARLOTTE BYRD

« Décadent, délicieux et dangereusement addictif ! » —
Avis ★★★★★

« L'érotisme si magistralement tissé qu'aucun lecteur
ne peut y résister ! Un INCONTOURNABLE ! » —
Bobbi Koe, Avis ★★★★★

« Captivant ! » — Crystal Jones, Avis ★★★★★

« Excitant, intense, sensuel » Rock, Avis ★★★★★

« Sexy, mystérieux, palpitant… » Mrs K, Avis
★★★★★

« Charlotte Byrd est une auteure remarquable. J'ai lu
beaucoup de ses livres, j'ai ri et pleuré. Elle a une

écriture équilibrée avec des personnages brillants. Bravo ! » — Avis ★★★★★

« Rapide, sombre, addictif et percutant » — Avis ★★★★★

« Chaud, torride et une intrigue géniale. » — Christine Reese ★★★★★

« Oh la la... Charlotte a fait de moi une fan à vie » — JJ, Avis ★★★★★.

« La tension et l'alchimie sont au niveau d'alerte cinq. » — Sharon, Avis ★★★★★

« Chaud, sexy, le voyage fascinant d'Ellie et M Aiden Black. » — Robin Langelier ★★★★★

« Waouh. Tout simplement waouh. Charlotte Byrd me laisse sans voix et humble... Il m'a tenue en haleine. Une fois que vous l'ouvrez, vous ne pourrez plus le poser. » — Avis ★★★★★

« Sexy, torride et captivant ! — Charmaine, Avis ★★★★★

"Intrigue, luxure et de superbes personnages... que demander de plus ?!" — Dragonfly Lady.

"Un livre incroyable. Une lecture excitante, très

divertissante, captivante et intéressante. Je ne pouvais pas le poser." — Kim F, Avis ★★★★★

"C'est tout simplement la meilleure histoire. Tout ce que j'aime et plus. Une histoire tellement géniale que je la relirai encore et encore. À conserver !!" — Wendy Ballard ★★★★★

"Il y a le nombre parfait de revirement de situations. Je me suis sentie instantanément lié à l'héroïne et bien sûr à M Black. MIAM. Le roman est excitant, insolent, torride. Il est tout." — Khardine Gray, auteur de romance à succès ★★★★★

# INSCRIS-TOI À MA NEWSLETTER !

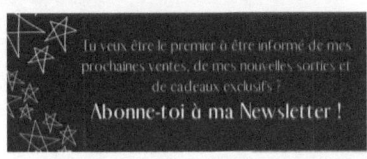

## LIVRES DE CHARLOTTE BYRD

**Tous les livres sont disponibles chez TOUS les grands distributeurs !**

Si tu n'arrives pas à les trouver, s'il te plaît, envoie-moi un e-mail à l'adresse charlotte@charlotte-byrd.com

### Série Soirée interdite
Soirée interdite
Règles interdites
Liens interdits
Contrat interdit
Limites interdites

### La trilogie de La maison de York

La maison de York

La couronne de York

Le trône de York

## *Série Emmêlée Dans La Glace*

Emmêlée Dans La Glace

Emmêlée Dans La Douleur

Emmêlée Dans La Dentelle

Emmêlée Dans La Haine

Emmêlée Dans l'Amour

## *Série Dis-moi d'Arrêter*

Dis-moi d'Arrêter

Dis-moi de Partir

Dis-moi de Rester

Dis-moi de Fuit

Dis-moi de Lutter

Dis-moi de Mentir

# À PROPOS DE CHARLOTTE BYRD

Charlotte Byrd est une auteure de best-sellers de romans contemporains. Elle vit en Californie du Sud avec son mari, son fils et un berger australien plein d'énergie. Elle adore les livres, le beau temps et les grandes eaux bleues.

Contactez-la ici : charlotte@charlotte-byrd.com

Trouvez ses autres livres ici : www.charlotte-byrd.com

Suivez-la ici : www.facebook.com/charlottebyrdbooks

Instagram : www.instagram.com/charlottebyrdbooks

Twitter : www.twitter.com/ByrdAuthor

Groupe Facebook : Charlotte Byrd's Reader Club

Tu veux être le premier à être informé de mes prochaines ventes, de mes nouvelles sorties et de cadeaux exclusifs ?

Abonne-toi à ma **Newsletter** et rejoins mon **Club de Lecteur** !

# 1

## NICHOLAS

### LÀ OÙ LES EAUX TURQUOISE SONT CHAUDES...

LÀ-BAS, la brise marine est chaude et inoffensive. Au lieu de vous frapper en plein visage, comme celle du Massachusetts, elle vous attire délicatement dans un état de relaxation absolue.

Suivant le code vestimentaire strict de l'île : t-shirt, short et tongs, je me promène de chez moi jusqu'à mon bar préféré. J'enfouis mes pieds dans le sable fin et froid sous la table avant même que le barman ait le temps de prendre ma commande.

C'est mercredi soir, mais les jours de la semaine n'ont pas beaucoup de sens ici. Chaque siège est rempli de visiteurs en provenance de tout le monde anglophone. Certains ne sont là que pour une semaine alors que d'autres le sont indéfiniment. Tous sont ici pour diverses raisons , sauf qu'ils ne le sont pas. Ils ont mis leur vie en suspens pour essayer quelque chose de nouveau.

Je commande une Belekin, une bière légère locale qui révèle son bon goût uniquement dans l'air salé, et salue Sammy et Greta de l'autre côté de la pièce. Ce sont des touristes suédoises dans la vingtaine qui parlent anglais sans le moindre accent.

J'ai d'abord passé la nuit avec Sammy après l'avoir rencontré au Lazy Lizard, un club, ouvert tard dans la nuit. Le lendemain, elle m'a présenté Greta et s'est mise à fréquenter un habitant du coin. Nous avons passé la journée à bronzer et à nager puis nous nous sommes retrouvés dans mon lit avant le lever du soleil.

Je suis ici depuis assez longtemps pour savoir ce que les habitants sont déjà au courant. L'une des raisons pour lesquelles les femmes célibataires viennent sur cette île parce que cet endroit est sûr pour rencontrer des hommes.

Les hommes sont amicaux et, avec une population d'environ deux mille personnes, l'endroit a environ la taille d'un lycée. Tout le monde connaît se connait ou du moins presque tout le monde.

J'aurais peut-être dû aller dans un endroit plus grand, quelque part où je pourrais disparaître un peu plus facilement mais je ne suis pas trop inquiet.

J'ai un nouveau nom et une nouvelle identité. J'étais déjà venu ici par le passé pour quelques jours et peu après qu'Olive et moi ayons rompu, c'est le premier endroit qui m'est venu à l'esprit.

Olive.

Peu importe le nombre de verres que je bois ou le nombre de femmes avec lesquelles je couche, mon esprit revient à elle sans cesse.

La façon dont Greta enroule ses cheveux autour de son doigt est exactement la même qu'Olive.

La façon dont les yeux de Sammy brillent au clair de lune.

La façon dont Greta rit.

La façon dont Sammy remue ses pieds.

La manière avec laquelle cette fille dans la rue dont je ne connais pas le nom lève les épaules.

Je la vois partout où je vais.

Elle est tel un fantôme qui me hante.

— Je vais en prendre un autre, s'il-vous-plaît, dis-je à Imogen, la barmaid.

Imogen est venue ici pendant une semaine de Vancouver, au Canada, et n'est jamais partie.

Elle vient d'annuler le reste de son billet, de louer un séjour plus long et est ici depuis plus de six mois.

Pour payer le loyer, elle s'occupe du bar la nuit et travaille comme moniteur de plongée le jour.

Elle est gentille et douce et, étonnamment, insensible à mes avances.

— Paul arrive quand ? demandé-je.

— Dans deux jours, dit-elle avec son visage s'illuminant au son du nom de son petit ami.

— Tu penses que tu arriveras à le faire rester ? demandé-je.

Je sais qu'elle en a envie et je sais aussi qu'il a des réserves.

— J'espère que oui, dit Imogen, prenant trois verres à la fois.

Paul est ingénieur en informatique et il n'y a pas beaucoup de boulot dans son domaine.

Selon elle, c'est le plus gros obstacle dans leur relation.

Elle veut rester ici indéfiniment et il veut mener une vie normale à Vancouver. Leur situation est l'exemple parfait de différences irréconciliables, mais je n'ai pas le courage de lui dire que cela ne va probablement pas se régler.

— Je l'espère aussi, dis-je en terminant la deuxième bière.

En raison de la pléthore d'expatriés britanniques, le football a tendance à dominer les écrans et ne fait pas exception à la règle.

Après avoir commandé une autre bière, je me fraye un chemin entre les tables et la salle de bain.

Mes yeux se posent sur la pièce et sur la deuxième télévision près de la fenêtre. C'est ce à ce moment que je la vois.

C'est une photo de moi avec mon vrai nom et le mot *Recherché* en haut.

Mon cœur sort de ma poitrine, mais je continue de marcher.

Juste avant de disparaître derrière le coin, je vois Art Hedison donner une interview.

Je me précipite dans la salle de bain et trouve une cabine . En fermant la porte à clef, j'essaie de trouver une solution.

— Qu'est-ce qui se passe ? je murmure dans un souffle.

Non. Non. Non. Non. Ce n'est pas vrai.

Je prends quelques respirations profondes pour me calmer puis je sors de la pièce.

J'ai déjà commandé une bière et je dois encore payer ma note il m'est impossible de sortir sans attirer encore plus l'attention sur moi..

— Hé, ça vous dérange si je change de chaîne ? ai-je demandé à un groupe de couples en train de prendre des photos en dessous la télévision affichant mon visage à l'écran.

Aucun d'entre eux ne la regarde et j'ai déjà le doigt sur la télécommande lorsqu'un homme imposant me lance un bref hochement de tête en signe d'approbation.

Je zappe vers un autre match de football, sachant qu'au moins un client s'y opposera si quelqu'un change à l'avenir.

Lorsque j'arrive au bar, je donne la bière qui m'attendait à la fille qui prend place à ma droite. En temps normal, je bavarderais et essayerais de la ramener chez moi, mais pas ce soir.

— À plus tard, Imogen ! je crie en lui laissant un pourboire généreux.

— Tu pars déjà ? me rappelle-t-elle alors que je suis déjà près de la porte d'entrée.

— J'ai un truc à régler. Je hausse les épaules avec désinvolture et pars.

# 2

## NICHOLAS

QUAND J'ESSAIE DE CHOISIR MA PROCHAINE
ÉTAPE...

De retour dans ma cabine, je me délecte de la façon dont la brise caresse ma peau très légèrement. C'est la dernière fois, je ne ressentirai plus cette sensation avant un long moment. Il y a d'autres îles où je peux me rendre, mais aucune d'elles ne sera Caye Caulker, Belize.

Mes tongs émettent un bruit sourd lorsqu'elles frappent le sol. Il n'y a pas de routes ici, pas de routes officielles de toute façon.

Pas de voitures non plus.

Les gens se déplacent principalement à pied ou à vélo et parfois avec une voiturette de golf. Cet endroit existe quelque part entre le passé et le présent.

Internet est rapide mais le rythme du monde est lent. Il n'y a pas grand-chose à faire à part nager, plonger, pêcher, lire, manger, parler et boire. Cependant, n'est-ce pas parfait ?

C'est exactement pourquoi je suis venu ici. Je dois m'éloigner de tout.

Je pensais pouvoir laisser le mauvais, quelque part à Boston, mais maintenant il m'a suivi.

Maintenant, le connard que j'ai aidé et qui m'a promis de me tirer d'affaire est à la télévision à dire à quel point je suis dangereux.

C'est mon ticket de sortie, pensé-je, grinçant des dents alors que le regret et la colère bouillonnent en moi.

— Salut l'inconnu, déclare Ali, l'expatriée française, tandis que je passe devant son appartement et me dirige vers le mien.

Nous n'avons pas coucher ensemble car depuis que je suis ici elle est en dehors de la ville la plupart du temps. Il y a ce motif là mais également parce que j'ai eu des réserves quant au fait de coucher avec une personne qui vit si près de moi.

— Tu veux venir chercher une bouteille de vin
? demande-t-elle.

— Peut-être une autre fois, dis-je en lui faisant un bref
signe de la main.

De retour dans ma cabine à une chambre avec un
ameublement minimal, ne présentant aucun signe
d'intention de décoration particulière, j'allume la
télévision et commence à faire mes bagages.

Je ne trouve pas le programme qui était diffusé au bar,
alors je recherche mon nom sur Google.

Les vidéos sont les premières à apparaitre.

Je suis au centre d'au moins trois programmes
nationaux différents et Art est interviewé par les
présentateurs de chacun.

— Quel putain de connard, dis-je en secouant la tête et
en sortant la valise du placard.

Je plie juste quelques chemises et pantalons avec ma
paire de mocassins et range mes affaires de toilette.
Dans l'armoire du bas, juste à côté de l'évier, je sors
une enveloppe avec tous mes passeports. Grâce à un
contact de chez moi, j'en ai plusieurs, mais je ne sais
pas trop lequel utiliser.

— Ne l'oubliez pas, il est charmant mais très dangereux. J'entends Art dire à l'arrière-plan. — Il est le principal suspect responsable du meurtre de son ex-partenaire...

Je ferme la vidéo.

J'en ai assez de son putain de visage et de ses mensonges.

Pourquoi est-ce qu'il me fait ça ? je me demande. Et maintenant ?

Je secoue la tête et laisse échapper un petit rire. Cependant, ce n'est pas un grand mystère. Ils devaient avoir quelque chose sur lui et c'était son échappatoire.

C'est soit ça, soit il fait ça pour me baiser, je décide, laissant échapper un profond soupir.

— Et bien, vas-y, Art, je ne vais pas abandonner si facilement.

Je prends ma valise et jette un dernier regard autour de la chambre. Cet endroit va me manquer.

J'espère que lorsque tout cela sera fini, je pourrai y revenir. Ce ne sera pas ma dernière fois ici.

La voiturette de golf se faisant passer pour un taxi me rejoint devant ma porte et m'emmène au terminal des ferries où je monte sur le dernier bateau à destination de Belize City.

Les eaux sont agitées et je rebondis tout autour du siège en plastique situé sous le pont durant tout le trajet. Une demi-heure plus tard, lorsque je me retrouve sur une terre ferme, je suis pris de maux de ventre mais je ne suis pas sûr que la promenade en bateau cahoteuse soit le seul coupable.

Je suis tenté de trouver un hôtel en ville et de me reposer, mais je décide de ne pas le faire. Ce pays est anglophone et la majorité des programmes de télévision proviennent directement des États-Unis.

Non, c'est beaucoup mieux pour moi d'entrer au Mexique le plus tôt possible. Le Mexique est un pays immense où il est beaucoup plus facile de se perdre qu'à Belize.

Je prends un taxi pour me rendre à la gare routière et achète un billet pour Merida, au Mexique. Vingt minutes plus tard, je monte à bord d'un bus express, avec tous les autres passagers, et enfile un sweat-shirt dès que je m'assieds. Je regarde par la fenêtre, me demandant pourquoi je n'arrive pas à voir de la vapeur d'eau sortir de ma bouche dans ce véhicule extrêmement climatisé. Une fois que tous les sacs sont rangés et enfermés dessous, nous décollons.

J'ai du réseau sur une partie chemin, assez pour savoir que je suis devenue une célébrité du crime. Tout le monde est subitement absorbé par cette affaire impliquant mon partenaire et plusieurs podcasts sont consacrés à son cas de personne disparue.

Ceci est inhabituel étant donné que la plupart de ces émissions mettent l'accent sur les femmes blondes séduisantes d'une vingtaine d'années qui disparaissent dans des circonstances inhabituelles. Le cas de mon partenaire n'est ni inhabituel ni étrange.

Il a travaillé pour la mafia. Il a volé des bijoux et autres produits coûteux. Quand il a commencé à travailler pour à son compte, la mafia s'est mise en colère et a décidé de l'abattre. C'est une histoire aussi vielle que monde mais pourtant, grâce à Art, tout le monde s'inquiète et ils pensent tous que je suis le responsable.

Ma réception disparaît au moment où les routes

deviennent cahoteuses voire quasiment impraticables. J'allume un livre audio et regarde par la fenêtre donnant sur la jungle de Belize. Hormis les phares du bus, aucune autre lumière illumine la route. Je ferme les yeux et essaie de me détendre.

# 3

## NICHOLAS

### QUAND IL Y A DES COMPLICATIONS...

LE LENDEMAIN MATIN, je prends un taxi depuis le terminal de bus et passe la journée dans un hôtel à attendre mon vol. Après une longue sieste et un grand dîner au restaurant du rez-de-chaussée, je me sens un peu reposé et prêt.

Non, prêt n'est pas le mot juste. Juste reposé.

C'est une chose de passer de Belize au Mexique avec un faux passeport, c'est une toute autre chose de le faire depuis le Mexique jusqu'à une destination internationale comme la Thaïlande.

En plus de cela, il y a un mandat d'arrêt à mon nom et ils montrent mon visage sur tous les écrans de télévision du pays. S'il y a ne serait-ce qu'un policier de douane à l'aéroport, je suis totalement foutu.

Je ne veux pas appréhender aujourd'hui comme étant le dernier jour de ma vie, mais si cela venait à se produire et je suis arrêté, je veux être bien nourri.

— Tout était à votre goût ? demande la serveuse.

— Oui, c'était excellent, dis-je. D'où êtes-vous ?

— Houston., dit-elle avec un sourire.

Elle a de longs cheveux dorés et des yeux verts. Grande et mince, elle ne ressemble en rien à Olive, pourtant tout en elle me la rappelle.

Nous flirtons quelques minutes et je reste pour encore quelques verres. Quand elle part s'occuper de ses autres clients, mon téléphone sonne.

C'est de ma banque. Le paiement n'a pas été effectué et mon billet a été annulé.

Merde.

Je relis à nouveau le courrier électronique en essayant de comprendre ce qui aurait pu se passer.

Je n'ai pas encore eu la possibilité de créer une carte de

crédit sous un nouveau nom, mais mon compte bancaire contient beaucoup d'argent.

Je saisis mon mot de passe et attends que la page se charge.

Mon compte a été gelé.

Merde.

Merde.

Merde.

Je secoue la tête. Non, cela ne peut pas arriver. Il n'est pas sous mon vrai nom. Comment ont-ils pu avoir cette identité ?

La serveuse m'apporte l'addition et je marque une pause.

Si je leur donne cette carte, le paiement ne sera pas accepté.

Je cherche de l'argent dans mon portefeuille, sachant très bien que je n'ai pas de pesos.

— Je suis vraiment désolé, j'ai un problème avec ma banque en ce moment.

Elle me regarde.

— Je suis désolé. Je n'aurais pas mangé ici si j'avais su cela, mais je ne peux pas accéder à mon compte, je ne sais pas pourquoi.

Elle secoue la tête.

— Puis-je vous payer en dollars américains ?

Elle rit.

— Que puis-je faire ? dis-je en lui montrant les billets de cinquante.

Elle prend une profonde inspiration pendant que j'attends. J'ai une autre carte mais je ne peux pas risquer de l'utiliser si elle était gelée également.

Je dois d'abord vérifier le compte en ligne.

Elle tape du pied sur le sol avant de finalement me donner un grand haussement d'épaules et de jeter ses cheveux en arrière.

— Cela arrive parfois avec nos clients, explique-t-elle. Je devrai vous facturer un supplément pour payer en dollars.

— Oui, bien sûr. Je laissai échapper un soupir de soulagement.

Pendant une seconde, j'ai pensé qu'elle pourrait appeler la police et je serais alors au milieu d'un véritable merdier.

Je paie dix dollars de plus par courtoisie et lui donne un gros pourboire. Mais je renonce à boire un autre verre car il ne me reste plus beaucoup d'argent.

Lorsque je monte, je me connecte à l'ordinateur et me rends compte que tous mes comptes sont gelés. Je n'ai accès à rien. J'ai cette chambre jusqu'à demain soir, mais après cela, je ne sais même pas comment je pourrais me permettre de payer pour une nuit.

On sonne à la porte.

Mon cœur bat à toute allure.

Je forme un poing et me prépare pour ce qui va arriver. En me retournant, je regarde par la fenêtre. Je suis au huitième étage et la descente est raide. Si ce sont les flics, le seul moyen de sortir de cet endroit est directement à travers eux.

— C'est moi, dit une voix féminine calme à travers la porte. Mallory.

— Salut. J'ouvre la porte à la serveuse de ce soir.

— Normalement, je ne fais pas ça... dit-elle en baissant les yeux.

— Entre, s'il te plaît. Je ferme rapidement la porte à clé derrière elle. C'est chouette d'avoir plus de temps avec toi. Je ne savais pas si je n'en avais pas fait trop tout à l'heure.

Elle passe ses mains autour de ses épaules et ne dit rien.

— Je n'étais pas sûre si tu flirtais avec moi pour avoir un plus gros pourboire. , plaisanté-je.

— Pas tout à fait. Elle rit. Bien que j'aie apprécié.

— Merci de m'avoir aidé. Je suis un peu dans la mouise en ce moment.

— Ah oui ? demande-t-elle en haussant les sourcils.

Je hoche la tête, essayant de décider combien je devrais divulguer.

D'un côté, c'est probablement mieux de ne rien dire, mais de l'autre, c'est la seule personne que je connaisse dans cette ville et la seule à laquelle je puisse emprunter quelques dollars avant de pouvoir trouver une solution.

Mais ce n'est pas pour cela que je lui ai offert à boire et ce n'est pas pour cela que je veux qu'elle reste.

Elle passe ses cheveux d'un côté à l'autre et penche la tête vers la mienne. C'est indéniable, Mallory est ravissante.

En plus, j'ai commencé à détester être seul après Olive. Elle a tendance à me hanter le plus quand je suis seul. Cela a tellement empiré à un moment donné que la seule façon de dormir était avec une étrangère allongée à côté de moi.

— Pour combien de temps es-tu en ville ? demande Mallory lorsque je lui tends un coup de tequila.

— Eh bien, je devais partir ce soir mais maintenant je ne suis pas sûr. J'ai des choses à régler avec la banque.

— La banque est fermée, dit-elle en prenant une gorgée.

— Oui, je sais. Je lui fais un signe de tête. Je ne peux rien faire avant demain.

Je me rapproche de quelques centimètres d'elle et pose mon verre.

Elle lève les yeux vers moi.

J'appuie mes lèvres sur les siennes et elle m'embrasse.

Nous avons faim l'un de l'autre et nos vêtements se détachent un à un.

Je me perds dans l'instant jusqu'à ce qu'elle chuchote — Eric , le nom que je lui ai donné.

Quand je la regarde en dessous de moi, son visage disparaît et elle devient Olive.

# 4

## OLIVE

QUAND IL DISPARAÎT…

LES MATINS, je m'habille avec plusieurs couches que je perds progressivement tout au long de la journée.

Je me lève vers huit heures et après une demi-heure au lit, je m'habille et me promène. Il y a de grandes montagnes juste devant notre maison, l'une avec un pic d'environ dix mille pieds.

Les voisins m'ont dit qu'en hiver, il y avait beaucoup de neige et que dans la vallée, la température est toujours dans les 25 degrés et que le ciel est aussi bleu qu'il n'a jamais été.

Des palmiers jalonnent mes deux kilomètres de marche, car presque chaque maison en a un ou deux dans sa cour avant. C'est une partie ancienne de la ville, ce qui signifie qu'elle a été construite dans les années 50 et que l'architecture est ce qu'ils appellent moderne au milieu du siècle.

Toutes les maisons, y compris la nôtre, ont un niveau, deux mille pieds carrés, voire beaucoup plus. Les arrière-cours sont accompagnées d'un grand espace vert avec des haies pour assurer la confidentialité des regards indiscrets. La majorité a également des piscines et des cuves thermales.

Les plafonds à l'intérieur sont relativement hauts, mais pas aussi catholiques que ceux de l'ancienne maison à l'est. Nous avons un plafond voûté dans notre location avec une grande fenêtre donnant sur la rue. L'endroit est meublé avec des mobiliers bas au sol de style milieu du siècle pour compléter le look. La seule chose donnant à peu près l'impression que nous sommes en 2020est le téléviseur de soixante pouces montés au mur.

Après ma promenade, au cours de laquelle je salue au moins cinq chiens et leurs propriétaires, je me retrouve directement dans la piscine.

C'est l'un des endroits les plus secs des États-Unis, sinon du monde, avec un taux d'humidité oscillant souvent autour de quinze pour cent. Nous chauffons la piscine à vingt degrés, ce qui semble être tiède, mais en réalité pas du tout. En raison de la sécheresse de l'air, la piscine est suffisamment rafraîchissante et assez froide lorsque vous en sortez.

Après avoir nagé un peu, je me sèche avec une serviette, ce qui prend environ quelques secondes, puis je m'assieds avec un livre sur la chaise longue. Le coussin est incroyablement doux et il est courbé afin de s'adapter au corps humain, ce qui le rend particulièrement confortable. Si le paradis existe, il se trouve ici.

Quand j'ai d'abord imaginé aller en Californie, j'ai tenté de répondre à mes attentes. Il n'y a aucun moyen que cela soit, ou puisse être, aussi incroyable que je l'ai imaginé.

Oui, il y aurait du soleil.

Oui, il ferait beau toute l'année.

Oui, il n'y a pas beaucoup d'insectes, pas plus qu'il n'y a de neige noire verglaçante sur les voitures.

Mais tout ne pourrait pas être aussi parfait, non ?

Quelque chose ne devrait pas coller.

Je ne savais pas à quel point ce serait vraiment merveilleux.

La nourriture est de meilleure qualité et les restaurants servent des plats uniques et délicieux.

Les gens sont gentils, polis et amicaux.

Tout le monde semble heureux.

Cela me rappelle l'un des premiers jours de mai, quand il fait assez chaud pour que tout le monde puisse sortir et profiter de la vie, et au cours de cette brève journée, tout le monde dans la ville semble content et heureux. Eh bien, c'est comme ça ici tout le temps.

Quand j'ai un peu trop chaud au soleil, je change de maillot de bain et attrape mon iPad. Notre location a une chaise pivotante dans le coin de la cour qui est généralement à l'ombre. Il est garni d'oreillers et d'un tapis en similicuir.

Je pose mes pieds sur le doux pouf qui se trouve devant et me balance en lisant. Le temps passe lentement et pourtant rapidement. Avant que je m'en rende compte, c'est l'après-midi et j'ai terminé mon livre.

Plus tard dans la soirée, lorsque le soleil commence à

se coucher, je mets mes baskets et fais un petit jogging.
Avant d'arriver ici, je n'avais pas couru depuis des
années.

Mais les journées sont longues et il est agréable de les
remplir avec une activité physique. Quand j'ai
commencé il y a quelques semaines, je ne pouvais
même pas courir un kilomètre, mais maintenant je
peux en faire huit.

Mes poumons brûlent, mais je prends mon temps et
vais aussi loin que je peux.

J'avais l'habitude d'avoir des points de côté, mais plus
maintenant.

Je ne cours pas très vite mais je suis fière de ce que je
fais.

Je rencontre les mêmes propriétaires de chiens que
j'avais déjà rencontrés ce jour-là, mais cette fois-ci,
notre interaction n'est qu'un simple signe de la main.
Je veux m'agenouiller et caresser chacun d'eux, mais
c'est ce qui me ferait perdre mon impulsion et j'ai
appris que dans ce genre de choses, le rythme est
essentiel.

De retour à la maison, en sueur et au visage rouge, je

mets mon maillot de bain dans la chambre principale avec une porte coulissante qui fait face à la cour arrière et saute dans la piscine pour me rafraîchir.

— Tu nages encore ? Owen sort avec une bière à la main.

— N'aimes-tu pas ça ? demandé-je.

Owen hausse les épaules.

Lorsque nous sommes arrivés ici, il nageait tout le temps mais des mois plus tard, la nouveauté s'est dissipée.

Pas pour moi.

Si je devais acheter une maison, je sais maintenant qu'une piscine et un bain à remous sont indispensables.

— Je n'arrive pas à croire que tu nages encore autant, dit-il en secouant la tête.

— Je n'arrive pas à croire que tu boives encore autant , dis-je.

Lorsque nous sommes arrivés pour la première fois ici, nous nous sommes un peu laissés aller à boire un peu trop, mais au bout d'un moment, j'en ai eu assez de me réveiller avec des maux de tête épuisants.

Après que j'ai arrêté, Owen a commencé à boire plus.

Maintenant, je ne le vois presque jamais sans une bière à la main.

— Au moins, je ne bois rien de trop fort, dit-il.

— Oui j'imagine. Mais je ne suis pas sûre que ce soit une bonne idée de boire tout court pendant la journée.

Il hausse les épaules et baisse la tête.

Je sais qu'il déteste que je parle de ça.

Mais que puis-je faire quand je le vois plonger ? Ne devrais-je pas essayer de l'arrêter du tout ? Est-ce que je ne devrais même pas essayer de le freiner un peu ?

Je sors de la piscine et enroule la serviette autour de moi.

Ma peau est couverte de chair de poule jusqu'à ce que je me sèche.

— Tu sais que je ce que je dis ne signifie rien, non

? demandé-je. Je suis juste inquiète. Je ne veux pas que les choses deviennent incontrôlables.

— Ne le sois pas, dit Owen. Qu'est-ce que... tu penses que je vais devenir un alcoolique ou quelque chose comme ça ?

— C'est possible. Je hoche la tête. Ça arrive.

— Bah, pas pour moi.

— C'est une maladie, Owen. Il n'y a pas de quoi avoir honte. Et c'est progressif, donc si tu continues sur cette voie, tu ne pourras plus t'arrêter au bout d'un moment.

Ses yeux ont un regard glacial tandis qu'il serre sa mâchoire. Il est sur le point de me dire quelque chose mais il choisit de le garder pour lui.

Je me dirige vers ma chambre, mais Owen me rappelle juste avant de refermer la porte.

— Oh, hé, je pense que tu veux peut-être venir voir ce qu'ils montrent à la télévision, dit-il.

— Qu'est-ce que c'est ?

— C'est à propos de Nicholas.

# 5

## OLIVE

QUAND JE LE REVOIS...

Je ne sais pas exactement ce que Owen entend par là et je ne veux pas vraiment le savoir. J'en ai assez qu'il me fasse culpabiliser à propos de Nicholas. J'ai beaucoup de regrets à propos de ma vie mais tomber amoureuse de lui n'en est pas un.

Il a fait irruption dans ma vie comme un feu de forêt et a presque tout détruit. Pourtant, à la manière d'un feu de forêt, sa présence m'a donnée l'occasion de recommencer ma vie.

Comme je l'entends.

Je suis en colère contre Nicholas.

Enragée.

Contrariée.

Déçue.

Mais plus le temps passe et plus il me manque.

Je déteste le temps que j'ai perdu.

Il m'a menti et pourtant, tous ces mois plus tard, je pense que je lui ai permis de le faire.

Je n'ai pas assez insisté afin d'obtenir la vérité.

Je n'ai pas contesté toutes les choses que j'aurais dû.

Je m'habille lentement en ajoutant les couches que je porte d'habitude le matin et le soir, lorsque la température extérieure baisse d'environ 20 degrés.

Avant de quitter ma chambre, je prends une grande inspiration et je me rassure.

Nicholas n'est pas un sujet de conversation facile entre Owen et moi.

Owen ne voit que le pire en lui.

Il croit qu'il a tué sa petite amie et son partenaire et il sait qu'il l'a trahi, nous, et il profitera de toute occasion pour me le balancer au visage.

— Tu ne te souviens pas de notre pacte ? demandé-je, entrant dans le salon où Owen est étendu sur le canapé avec un grand sourire.

Il est tellement saoul qu'il peut à peine garder les yeux ouverts, mais la bière qu'il tient dans sa main reste parfaitement verticale.

— Et le pacte dit quoi ?demande-t-il.

— Qu'on ne va pas aborder ce sujet à nouveau.

— Eh bah, si c'est ce que tu veux, dit lentement Owen, prononçant ses mots juste un peu trop. J'ai juste pensé que tu serais peut-être intéressée par ce qu'ils disent à son sujet à la télé.

Je fronce les sourcils et me tourne vers la télévision.

Il y a d'énormes photos agrandies de Nicholas vêtu d'un costume avec les mots « Nicholas Crawford » juste en dessous.

Je mets ma main devant ma bouche n'arrivant pas à en croire mes yeux.

Owen relance la télévision et une émission sur les hommes les plus recherchés du pays débute.

Le narrateur explique comment Nicholas travaillait

pour l'un des plus grands syndicats du crime organisé du Nord-Est jusqu'à ce que son partenaire et lui-même décident de s'en séparer, de faire des affaires à leur compte et de garder leur patron à l'écart.

Le programme ne révèle pas beaucoup de noms à part celui de Nicholas et ne va pas au-delà des généralités.

Il y a une interview de Art Hedison qui explique en détail à quel point Nicholas est dangereux et que le FBI a maintenant besoin de l'aide du public pour le localiser.

— Ce connard, dis-je en secouant la tête. Il l'a trahi putain. On a volé ce tableau pour l'aider et le voici à la télé...

Mes mots se détachent lorsque la colère commence à bouillonner.

— Non, Nicholas est le connard, dit Owen. Il aurait dû savoir que faire confiance au FBI était une connerie. Il n'aurait jamais dû nous trahir.

Il utilise le mot *nous*, alors que c'est vraiment lui.

Je n'ai rien fait.

Je ne me suis jamais moquée de personne et je n'ai aucune dette envers qui que ce soit.

— Je ne peux tout simplement pas croire qu'il est un fugitif maintenant, dis-je avec un soupir.

Pour la première fois de ma vie, je crains que quelque chose de grave ne se produise pour Nicholas.

Avant, tous mes soucis étaient tellement concentrés sur Owen et maintenant, il y a tout à coup un autre homme dans ma vie dont il faut s'inquiéter.

Le FBI est après lui.

Son visage est partout dans les actualités.

Lorsque je cherche son nom sur mon téléphone, je me rends compte qu'il est le criminel du moment.

Il existe des podcasts et des épisodes YouTube de producteurs indépendants consacrés à son cas.

— Pourquoi es-tu si énervée à ce sujet ? demande Owen. C'est bien fait pour lui.

— Comment peux-tu me demander une telle chose ? dis-je.

— Comment puis-je ne pas te le demander ça ? Il t'a trahie. Il t'a entubée.

— Non, il a menti. Il n'aurait pas dû, mais il était coincé. Il n'avait pas le choix.

— Tu es une putain d'idiote, dit Owen. Combien de temps cela te prendra-t-il pour comprendre que c'est un escroc et un menteur et qu'il ne t'a jamais aimée ?

Je prends une profonde inspiration.

Je déteste quand il me parle comme ça.

Il est saoul.

Ce n'est pas une excuse, mais il ne me parlerait jamais comme ça s'il était sobre.

Me battre davantage avec Owen ne ferait qu'aggraver les choses et pourtant je ne peux pas m'en empêcher.

— Putain, tu te prends pour qui ? demandé-je le plus sévèrement possible, transformant mes mains en poings. Ne me parle pas comme ça.

— D'accord, je suis désolé, Olive. S'il te plaît, dit-il rapidement, ses mots se bousculant. Je déteste juste que tu te soucies encore de lui. Tu ne comprends pas ?

Art est un con mais il nous dit la vérité. Il a tué son partenaire. Ils ont un dossier sur lui.

J'inspire profondément.

Je ne sais pas vraiment s'il a tué son partenaire et compte tenu de son métier, c'est une possibilité réelle.

— Et ma copine. Il l'a tuée aussi. Ils le prouveront un jour, tu verras.

Je secoue la tête et croise les bras.

— Tu ne me crois pas ? demande Owen.

Il a l'air blessé, comme si je venais de lui tirer une balle dans le cœur.

— Je ne sais pas, Owen, je cède un peu.

Il est trop saoul pour entretenir une conversation normale, mais il est impossible d'aborder le sujet quand il est sobre.

— Ce n'est que le début de la découverte de la vérité sur lui, Olive. Il est charmant et cool mais c'est une personne irritable. Je sais que tu le comprendra un jour.

Je déteste sa certitude et je déteste mon incertitude.

J'aimerais pouvoir juste le croire et ne pas croire tout ce qu'ils disent à son sujet.

Mais je ne n'ai aucune bonne raison ou preuve, je n'ai que mon cœur.

C'est suffisant, non ?

Pour l'instant, ça doit l'être.

## 6

OLIVE

QUAND JE RENCONTRE UN INCONNU…

J'ai toujours eu froid aussi longtemps que je me souvienne.

Mes mains et mes pieds sont particulièrement sensibles, surtout le matin.

Je viens de le mentionner à une femme qui habite à quelques portes de chez moi. Il s'avère qu'elle est titulaire d'un doctorat en médecine naturelle et c'est elle qui a dit que je devrais envisager de faire vérifier ma thyroïde.

Si je ne voulais pas aller chez le médecin, je pouvais prendre un thermomètre et enregistrer ma température tous les matins pendant trois jours d'affilée, peu de temps après le coucher et avant d'aller aux toilettes ou de faire des mouvements. Ensuite, je devrais à additionner le nombre et le diviser par trois. Si ma température corporelle était inférieure à quatre-vingt-dix-huit degrés fahrenheit, ma thyroïde fonctionnait mal.

Une fois rentrée chez moi et après de nombreuses recherches sur ce sujet en ligne, j'ai découvert que j'avais coché un certain nombre de cases différentes concernant ce problème.

J'ai toujours froid.

Je suis souvent fatiguée sans raison particulière.

Mes cheveux semblent s'éclaircir.

Ma peau est sèche.

J'ai des difficultés à perdre du poids alors que je suivais un régime assez strict de kéto (en plus de remplacer la viande par du poisson et d'éviter les produits laitiers).

Ma voisine a également mentionné que même si, normalement, les noix sont une bonne chose à manger, elles font grossir, en particulier les noix de cajou, et si j'en mangeais trop, elles ralentiraient encore plus ma fonction thyroïdienne.

En outre, il y a quelques mois, j'ai coupé tout le sel en pensant que mon problème était une grande rétention d'eau. Eh bien, il s'avère que le sel est essentiel pour les personnes dont la thyroïde est moins performante et qui semblait ralentir encore plus le mien.

Tout cela semblait expliquer pourquoi mon poids n'a pas bougé, même si j'ai déployé beaucoup d'efforts pour perdre quelques kilos au cours des deux dernières semaines.

Aujourd'hui est le troisième jour où je prends des suppléments thyroïdiens avec des gouttes de fer et d'iode. J'ai encore froid le matin mais pas autant qu'avant. Et j'ai remarqué que j'avais beaucoup plus d'énergie tout au long de la journée.

En plus des suppléments, j'ai également modifié mon régime alimentaire en un régime à base de légumes et me prépare du jus vert tous les matins. Je n'ai jamais été une grande amatrice de légumes, mais tout à coup, j'ai développé un goût pour ces derniers.

Je mets mes baskets et me dirige vers la cuisine pour préparer mon jus. Je coupe deux branches de céleri, un concombre, puis ajoute de l'aneth et du persil, ainsi que deux cuillerées de protéines de pois biologiques de

Trader Joe's. Après avoir ajouté une tasse d'eau, un demi citron et du sel, je serre le couvercle et lance le mixeur.

— Hey ! crie quelqu'un au-dessus de la cacophonie du son.

La voix me surprend et je saute du comptoir avec mon cœur battant à toute allure.

— Oh mon Dieu, je ne voulais pas vous faire peur, dit la femme avec un air inquiet.

— Non, je suis désolée, dis-je, secouant la tête et essayant de contrôler ma respiration.

Elle a à peu près mon âge avec de longs cheveux noirs et une peau d'olive.

Le t-shirt Metallica d'Owen ressemble à une robe sur elle.

Ses jambes sont nues comme ses pieds.

Elle se présente comme étant Shelly, me serrant la main et ajustant sa chemise pendant qu'elle parle.

— Je suis serveuse au Salon du feu, dit Shelly en se frottant le pied avec le talon de l'autre.

— C'est un plaisir de te rencontrer, dis-je. Veux-tu un café ?

— Non, merci, mais j'adorerais un peu de ce jus.

— Oui, bien sûr, dis-je, en versant la moitié dans une tasse pour elle.

— Tu es sûre ? Seulement si tu en as assez.

— J'ai plein de légumes dans le réfrigérateur. Ce n'est vraiment pas un problème.

— J'adore ce genre de chose le matin, mais je suis toujours trop paresseuse pour le faire moi-même. Alors je finis par aller chez Jamba Juice.

— Oui, au début, c'est un peu pénible, mais on s'y habitue, dis-je.

Nous prenons quelques gorgées en silence. J'aime bien sa compagnie.

Parfois, le fait que Owen ramène une nouvelle nana tous les jours devient un peu épuisant. Mais j'espère qu'elle restera le reste de la journée.

— Puis-je te demander quelque chose ? demande Shelly en essuyant la moustache verte de ses lèvres.

J'acquiesce.

— Est-ce que ton frère fait ce genre de chose... souvent ?

— Que veux-tu dire ?

— Ramener quelqu'un d'un bar à la maison ?

— Non, dis-je en secouant la tête.

— C'est ce qu'il m'a dit, mais tu sais ce que c'est, ils disent tous ça, dit Shelly en haussant les épaules. Je l'ai dit moi-même environ mille fois.

On rigole toutes les deux.

— Il te plait, hein ? demandé-je.

Elle hoche la tête et regarde le sol comme si elle venait d'admettre quelque chose d'embarrassant.

— Non, il ne le fait pas souvent, dis-je. En fait, nous vivons ici depuis quelques mois et il n'a jamais ramené de fille à la maison auparavant.

— Vraiment ? Ses yeux brillèrent d'incrédulité.

Je lui donne un haussement d'épaules et un clin d'œil.

Nous comptons toutes les deux sur Owen.

Shelly veut qu'il l'aime autant qu'elle l'aime et moi aussi. J'ai l'impression qu'une petite amie est exactement ce qui rendrait Owen un peu moins intense avec moi.

Cela détournera son attention de moi, et peut-être que quelqu'un avec qui il aime passer du temps le fera boire un peu moins aussi.

Owen sort de sa chambre, vêtu uniquement d'un short. Il donne à Shelly une petite bise sur la joue puis passe son bras autour de son épaule.

— Hé, les filles, dit-il. De quoi parle-t-on ?

— Tes oreilles bourdonnent ? demandé-je.

Shelly sourit et baisse les yeux vers le sol.

Il dégage les cheveux de son visage et lui donne un autre baiser, cette fois sur la bouche.

Une vague de soulagement me submerge.

Il l'aime bien. Il l'aime vraiment bien !

— Vous avez des projets pour aujourd'hui tous les deux ? Je les pousse du coude.

— Je ne sais pas, peut-être un brunch. Ma journée est plutôt ouverte, dit Owen en se tournant vers Shelly.

— Je ne dois pas être au travail avant 21h on peut faire... peu importe. Ses yeux pétillèrent à la pensée de passer la journée avec lui.

— Tu veux venir ? propose Owen.

— Non, ça va, amusez-vous bien.

Quand je pars en promenade, je ne peux pas m'empêcher de sourire.

Ça y est.

Il a rencontré une gentille fille et elle va le sortir de cet endroit sombre dans lequel il se trouve depuis notre arrivée.

En fermant la porte derrière moi, je jette un coup d'œil en arrière.

Owen a toujours son bras autour de Shelly mais ses yeux jettent me jette un regard noir.

QUAND IL LIT LE DOSSIER...

JE PASSE le lendemain matin au lit bien au-delà de l'heure à laquelle je devrais me lever.

Cela fait du bien de ne pas respecter l'emploi du temps que je m'étais fixé et de faire une petite pause. Après avoir fini un autre livre, mes pensées reviennent au dossier que Nicholas m'a donné.

Il a dit qu'il attendait le bon moment pour me le donner mais cela ne s'est jamais présenté. Pourquoi diable ?

Je ne sais pas durant combien de temps ce dossier était en sa possession, mais ça devait être une éternité. Il y a eu tellement de fois où j'avais pleuré sur son épaule dans le but d'essayer de comprendre quoi faire et par où commencer à partir de stade.

J'ai beaucoup de raisons d'être en colère contre lui et c'est ça qui me fait le plus chier.

Pourquoi a-t-il attendu ?

Pourquoi ne me là m'a-t-il pas dit ?

J'ouvre le dossier et lis le contenu pour ce qui semble être la millionième fois.

Je connais son nom.

Je connais certains de ses antécédents familiaux.

Je sais qu'elle venait d'une famille riche.

Plus important encore, je sais où elle habite. Ici, à Palm Springs, en Californie.

Au moment de décider où nous devrions commencer notre nouvelle vie, Owen a fait de nombreuses suggestions, mais je n'en ai eu qu'une.

Ma vraie mère habite à Palm Springs et c'est le seul endroit où je voulais aller.

Il n'a aucune idée que c'est la raison pour laquelle j'ai insisté pour venir ici. J'ai misé sur le soleil et les palmiers et l'été éternel, mais j'ai minimisé une raison importante.

Pourquoi j'ai fait ça ?

Je ne sais pas si Owen serait venu ici avec moi sinon.

Ce n'est pas qu'il ne s'intéresse pas à retrouver ma mère, j'ai le sentiment qu'il s'y serait opposé.

Et quel est ce dicton déjà ?

Il est plus facile de demander le pardon après, que la permission avant ?

Je ne voulais pas avoir encore un obstacle.

Je ne voulais pas qu'il dise non, alors je n'ai jamais demandé.

Ce que sait Owen, c'est son nom et des choses fondamentales sur elle.

J'aurais volontiers gardé le dossier pour moi mais j'étais trop bouleversé pour le cacher quand il est rentré dans ma chambre. J'étais aussi trop en colère et déçue.

Il a donc vu certaines pages mais pas celle de la fin.

Pas celles avec son adresse dessus. Sinon, il saurait qu'elle habite à exactement 5,4 kilomètres de nous.

J'en ai marre de me prélasser et me décide enfin à prendre l'air frais et de partir en randonnée.

Je commence à me lasser de parcourir les mêmes rues tout le temps. Hier soir, j'ai donc téléchargé l'application All Trails, qui affiche toutes les randonnées autour de moi.

À ma grande surprise, il y a plus de cinq cents randonnées dans la vallée de Coachella. Il y en a au moins cinq qui se trouvent à moins de huit kilomètres de la maison.

J'attrape ma bouteille d'eau, un petit sac de noix de Grenoble et de graines de tournesol et mon téléphone. Moins de dix minutes plus tard, je pars pour ma première randonnée.

Le sentier commence au centre des visiteurs où ils me montrent une carte de mon cheminement. Le sol du désert est recouvert de buissons de créosote. Certaines sont courtes mais d'autres peuvent mesurer jusqu'à neuf pieds de hauteur. Lorsque que je me penche pour regarder ses feuilles sombres, je remarque que ça sent un peu la pluie.

Le sentier m'emmène plus loin de la civilisation, dans la vallée et plus bas dans les recoins des montagnes.

Une fois le virage terminé, de gros rochers plus grands que moi sont alignés le long du sentier, tel un portail d'entrée m'invitant à l'intérieur.

La piste boucle de plus en plus haut et avant que la ville en contre bas ne disparaisse complètement, je me retourne et jette un coup d'œil une dernière fois.

Là-haut, les montagnes sont marron clair et rouges, mais en regardant la ville, je ne vois qu'un mur de verdure.

Il y a tellement de palmiers dans les rues que toute la vallée ressemble à une forêt tropicale humide.

Lorsque le sentier devient encore plus escarpé et que je dois escalader des rochers, mon téléphone vibre. J'écoute un livre audio et prévois d'ignorer l'appel, mais je vois que c'est Sydney.

Nous n'avons pas parlé depuis un moment et elle me manque.

— Hey ! dis-je, essoufflée et essayant de reprendre mon souffle.

Elle appuie immédiatement sur le bouton FaceTime et même si je regrette totalement ma décision de répondre à son appel, je n'ai pas le choix.

— Oh mon Dieu, où es-tu ? demande-t-elle de sa voix pétillante.

Je retourne le téléphone et lui montre les montagnes qui m'entourent.

— Cet endroit est dingue , dit Sydney.

— N'est-ce pas ?

— Alors qu'est-ce que tu fais ?

Je tourne le téléphone vers moi et j'essaie de ne pas me concentrer sur mon visage rouge et moite dans le coin supérieur droit.

— Je fais une randonnée. Ce canyon n'est qu'à dix minutes et j'ai pensé y jeter un coup d'œil.

— J'aimerais être là-bas , dit-elle.

— Moi aussi !

— Alors, je suppose que tu es une Californie et toute hippie maintenant, hein ? plaisante-t-elle.

J'acquiesce.

— C'est dégoûtant. Je hoche la tête. Tu devrais me voir. Je bois des smoothies verts à base de légumes plusieurs fois par jour et je cours, je nage et, apparemment, je fais de la randonnée maintenant !

— Tu me rends malade ! Elle rit.

— Tu dois venir me rendre visite et me sauver avant que je ne me transforme en super-moi.

— Je le ferai !

Sydney ne sait pas exactement où je suis, mais elle sait que je suis en Californie.

Je devrais peut-être être plus prudente et ne pas faire de FaceTime avec elle au cas où, mais je sais qu'elle ne dira jamais rien à personne.

Je lui demande comment elle va, mais elle ne fait que brièvement le survoler avant d'arriver à la vraie raison pour laquelle elle a appelé.

—J'ai vu Nicholas à la télévision, dit-elle.

— Ouais, moi aussi, dis-je d'un simple souffle comme si un point de côté commençait à arriver.

Fatiguée, je laisse tomber ma main loin de mon visage.

— Est-ce que ça va ?

— Oui, je vais bien. J'arrête d'essayer de marcher et de parler à la caméra en même temps. Je l'ai vu aussi.

— Qu'est-ce que ça veut dire ?

— Je ne sais pas. Je suppose que le FBI est après lui.

— Ils disent qu'il a tué son partenaire, chuchote-t-elle.

— Il ne l'a pas fait, dis-je.

— Tu es sûre ?

— Oui, il n'a pas fait ça, Syd.

Bien que je veuille lui dire les détails de ce que nous avons fait ensemble dans cette maison, elle ne sait pas grand-chose à ce sujet et moins elle en sait, mieux ce sera.

Elle ne savait pas que Nicholas travaillait comme informateur pour le FBI et elle ne savait pas qu'il leur donnait des informations sur Owen.

Elle sait que quelques mauvaises personnes poursuivent Owen pour ce qu'il a dit en prison et veulent sa mort.

Et elle sait que Nicholas et moi avons rompu.

Nous en parlons pendant un moment alors que je

grimpe de plus en plus haut puis, tout à coup, la réception commence à s'éteindre. Nous sommes obligées de couper court à notre conversation et je promets de la rappeler dès mon retour à la maison.

Une heure plus tard, je pénètre dans ma chambre en sueur et je trouve Owen assis sur le bord de mon lit en train de lire le dossier de ma mère.

# 8

## OLIVE

### QUAND IL DÉCOUVRE MON SECRET...

— Que fais-tu ici ? demandé-je, tenant la poignée de la porte comme soutien.

— Qu'est-ce que c'est que ça ? demande-t-il en tournant son corps vers moi.

— Que fais-tu dans ma chambre ? Pourquoi tu fouilles dans mes affaires ? J'exige de savoir.

Il hausse les épaules innocemment et se lèche les lèvres.

Il essaie de gagner du temps, peut-être ?

Ou simplement essayer de savoir quoi dire ?

— J'essayais simplement d'en savoir un peu plus sur ta mère. Tu étais si... secrète avec ce truc. —

— Je n'étais pas secrète..., je commence à dire de façon défensive.

— Alors pourquoi tu ne me dis pas la vérité ?

Owen plisse les yeux.

Je ne peux pas dire combien de bières il a bu aujourd'hui, mais je suis certaine qu'il n'est pas complètement sobre.

— À propos de quoi ? Je demande.

— À propos de ça ! Il se lève et jette le dossier en l'air.

Je dégage finalement ma main de la poignée de porte, fais quelques pas plus près de lui et saisis le dossier de sa main.

— Je veux que tu partes , dis-je doucement mais avec certitude.

— Je ne partirai pas avant que nous en parlions. — Il se rassied, croisant les bras. Je ne partirai pas avant que tu me dises pourquoi tu voulais venir ici.

— Tu sais déjà, je murmure.

— Je veux l'entendre de ta bouche.

— Quoi ? Que veux-tu savoir ?

— La vérité ! rugit-il.

J'attends que le silence retombe entre nous avant de dire un autre mot.

— Bien, je cède.

Il sait déjà alors pourquoi le combattre à ce sujet ?

— Je voulais venir à Palm Springs, car c'est là que vit ma vraie mère, dis-je doucement.

Il ne répond pas.

— Tu es heureux maintenant ? je le défie.

— Pourquoi tu ne me l'as pas dit ? Tu pensais que je ne comprendrais pas ?

— Non ce n'est pas ça.

— Alors pourquoi ?

— Je ne savais pas comment tu allais réagir et je ne voulais pas en parler. Je ne voulais pas que tu fasse une croix sur cet endroit parce que je voulais la rencontrer.

— Alors, tu ne l'as pas encore rencontrée ?

— Non, dis-je.

— Pourquoi pas ?

Je ne dis rien.

Au lieu de cela, je me penche et regarde mes chaussures.

Une goutte de sueur me parcourt le front et atterrit sur le sol.

— Parce que j'ai peur, dis-je après un moment.

Il me regarde avec incrédulité.

— Nous sommes ici depuis tout ce temps et tu n'as même pas essayé d'aller la voir ?

— Non, dis-je en secouant la tête. Je vais le faire, j'ai juste besoin de plus de temps. Plus de courage. Je ne sais pas. Plus de quelque chose.

Sa colère envers moi semble se dissiper, mais je ne peux pas en dire autant de la mienne.

Ces deux derniers mois ont été plus que agités et Owen n'a rien fait pour l'améliorer.

Il boit.

Il me dit quoi faire, non, il m'intimide.

Je marche sur des œufs avec de lui, craignant de dire quelque chose d'offensant par peur de sa rage.

Il ne m'a jamais frappée mais ses mots ont fait très mal.

Et ça ?

Le trouver ici dans ma chambre en train de fouiller dans mes affaires personnelles ?

Qu'est-ce qui lui donne le droit de faire ça ?

Oh oui, bien sûr, moi.

Je suis celle qui fixe les limites, ou l'absence de telles limites.

— Pourquoi étais-tu dans ma chambre ? demandé-je.

Ma voix est douce mais ferme.

Cette conversation ne portera pas sur moi pour répondre à des questions pour une fois, mais sur lui.

— Je ne sais pas , dit-il après un moment. Je suppose que je suis venu ici pour chercher quelque chose.

— Tu ne peux pas faire ça.

— Je sais.

— Non, visiblement pas, j'insiste. Sinon, nous n'aurions pas cette conversation.

— Je suis désolé, d'accord ? dit Owen. Que veux-tu que je dise ?

— Je ne sais pas, mais tu ne sembles pas être désolé. Pas du tout, dis-je en secouant la tête.

Je passe mon doigt sur le grain de la commode. Le bois est lisse et poli. En surface, il a l'air vierge. Mais quand vous regardez un peu plus près, quand vous le touchez, vous pouvez le sentir. Certains diraient que ce genre d'imperfections donne une apparence réelle, mais je dirais même pourquoi la vie doit-elle être entièrement axée sur les défauts, les carences et les erreurs ? Ou est-ce juste ma vie ?

Owen et moi parlons un peu, mais la conversation tourne en rond.

Il s'excuse encore et encore, mais aucune de ses excuses ne semble sincère.

Même s'il l'était, je m'en fous.

Je suis fatiguée.

J'en ai marre d'être ici avec lui.

Même je si reviens d'une randonnée difficile, je sors à nouveau. Le soleil est encore haut dans le ciel et frappe mon corps déjà exténué. Je prends quelques gorgées de ma bouteille d'eau, mais ma soif ne se désaltère que temporairement.

— Qu'est-ce que je vais faire ? me demandé-je à voix haute.

La rue est déserte, à l'exception d'une voiture située quelque part au loin.

Je continue à marcher.

Il y a quelque chose dans le mouvement qui me vide la tête.

Je veux aller dans ma chambre et me recroqueviller dans mon lit mais sa présence dans ma chambre a souillé mon espace sacré.

Ce n'est plus que je n'aime plus Owen.

Il est toujours mon frère.

C'est juste que je ne peux pas supporter de vivre avec lui.

C'est une maison de deux chambres à coucher et pourtant, quand il est chez lui, ce qui est assez souvent, il semble aspirer tout l'oxygène de la maison.

Cela tient en grande partie à sa consommation d'alcool.

Au début, nous avons bu pour célébrer.

Puis il a bu parce qu'il s'ennuyait.

Et maintenant ? Maintenant, je soupçonne qu'il boit parce qu'il doit le faire.

Mon pied heurte le trottoir d'une manière étrange et je trébuche, perdant presque mon équilibre.

Soudain, j'ai un déclic.

Nous sommes venus ici à trois mille kilomètres de distance pour commencer une nouvelle vie, mais aucun de nous ne l'a fait.

Des vies normales impliquent des emplois et des amis et une sorte de rythme régulier pour la journée.

L'une des raisons pour lesquelles il s'ennuie autant et boit tellement, c'est peut-être qu'il n'a rien d'autre à faire.

Il aime lire et lorsqu'il était en prison, c'était à peu près tout ce qu'il avait.

Et maintenant ? Il a besoin de plus.

Mais qu'en est-il de moi ?

Je pourrais essayer d'obtenir un autre travail d'écriture de contenu ou un autre poste d'écriture pédagogique.

Ou peut-être que je peux travailler dans un centre de tutorat ?

Malgré toutes mes études, ce n'était jamais vraiment ce que je voulais faire. Maintenant, avec de l'argent et aucun besoin réel d'obtenir ce travail, je ne veux pas vraiment le faire.

Pourtant, je dois faire quelque chose.

Mais quoi ?

## 9

OLIVE

QUAND IL SE FAIT PARDONNER...

Je me prépare à plus de conflits lorsque le soleil se couche et je n'ai d'autre choix que de rentrer à la maison.

Je prends une profonde inspiration avant de franchir la porte et je suis agréablement surpris de trouver Owen dans la cuisine en train de cuisiner.

La table de la salle à manger est entièrement préparée pour deux personnes, notamment les placements, les verres à vin, les assiettes, les ustensiles et les serviettes.

Je ne savais pas que nous avions même des placements ou des serviettes.

— Où as-tu trouvé tout ça ?

— Dans l'armoire, ici. Il pointe la rangée du bas juste à côté du lave-vaisselle.

Je regarde le réchaud et constate qu'il prépare du saumon, du riz chou-fleur et des asperges.

— Alors, quelle est l'occasion ? demandé-je.

— Je voulais juste m'excuser officiellement pour ce que j'ai fait et repartir de zéro. Page blanche et tout.

J'acquiesce.

Après avoir changé mes vêtements sales, je sors en le voyant préparer mon dîner.

Il me sert un verre de vin et complète le sien.

Je ne sais pas combien il a dû boire aujourd'hui, mais il ne semble pas aussi léthargique et en état d'ébriété que d'habitude.

La nourriture est délicieuse et j'apprécie l'effort.

Lorsqu'il se pince les lèvres fier de sa propre création, je ris.

— Voilà, dit-il. Ça m'a manqué.

— Quoi ?

— Ton rire. J'ai le sentiment que nous n'avons pas ri depuis des lustres.

— Nous ne le faisons pas, j'approuve.

Nous prenons encore quelques piqûres.

Je prends une autre gorgée de vin.

— J'ai pensé à quelque chose, dis-je avec hésitation.

Il lève les yeux vers moi et attend.

— Nous sommes dans ce nouvel endroit, nouvelle ville, nouvelle côte pour commencer notre nouvelle vie. Mais nous ne le faisons pas vraiment.

— Que veux-tu dire ?

— Eh bien, on a l'impression que nous sommes juste ici... en vacances.  Je fais une pause, attendant le mot juste.

Il me fait un signe de tête pour continuer.

— N'est-ce pas ? demandé-je. Je veux dire, nous ne faisons vraiment rien. Nous ne travaillons pas, nous n'avons pas d'amis... Je pense que c'est la raison pour laquelle nous avons ces problèmes.

J'évite intentionnellement d'utiliser le mot « tu » même

si c'est ce que je veux dire.

Ce n'est pas que je n'ai pas de problèmes, mais mon problème pour le moment, c'est principalement lui.

— Oui, j'y ai pensé moi-même, dit Owen en se frottant le menton. C'est un peu ennuyeux de ne rien faire toute la journée, n'est-ce pas ?

— Oui un peu.

— Ce n'est pas comme si nous avions besoin d'argent, mais cela pose parfois encore plus de problèmes. Tout à coup, nous sommes obligés de décider ce que nous voulons vraiment faire de notre vie.

Owen termine une dernière bouchée et laisse sa fourchette et son couteau dans l'assiette.

— Quel genre de travail veux-tu ? demande-t-il.

Je m'assieds dans mon fauteuil en essayant de comprendre quoi faire de ma vie.

Cette question est si simple et pourtant je n'y ai jamais vraiment réfléchi.

Pas de manière significative.

Il a toujours été si important pour moi d'obtenir de

bonnes notes et d'entrer dans la bonne université, de faire le bon stage et d'obtenir le meilleur travail que je n'ai jamais vraiment arrêté de réfléchir à la question de savoir si je n'ai jamais voulu le faire ou non.

Je me suis toujours tellement défini en opposition à mes origines qu'il est difficile de me considérer comme une personne extérieure à mon passé.

Bien sûr, je ne m'en libérerai jamais vraiment, mais je ne suis plus cette personne non plus.

Avoir assez d'argent pour vivre très longtemps semble être une situation idéale.

Pourtant, cela soulève d'autres problèmes, en particulier pour moi, une personne qui ne sort pas beaucoup et qui n'aime pas beaucoup faire la fête.

Qu'est-ce que je devrais faire de ma vie ?

— Je n'en ai aucune idée, dis-je en secouant la tête.

— Un truc de maths ? C'est ce que tu as étudié.

— Et j'aime toujours le domaine. Mais l'enseigner ? Ou écrire des questions de contrôle ineptes qui sont conformes à une norme ? Non, ce n'est pas pour moi.

— Tu penses que tu veux poursuivre des études

supérieures ? demande-t-il.

Je penche la tête en arrière.

C'est ce que je voulais faire.

J'ai pris mon premier travail pour économiser de l'argent et poursuivre des études supérieures, mais je n'y suis jamais parvenue.

Hmm, c'est une idée.

Peut-être pas mal du tout.

— Et toi ? demandé-je.

— Je n'en ai aucune idée, putain, dit Owen après une longue pause. J'avais l'habitude de penser à tout ce que je voulais faire quand j'étais en prison, mais avec un dossier comme le mien, il était impossible que je sois embauché dans ces domaines.

— Eh bien, c'est peut-être ce qui est vraiment bien avec ce que nous avons fait. Tu es quelqu'un d'autre maintenant. Nouveau nom. Aucun dossier.

— Pas de diplôme, fait remarquer Owen.

— En fait... tu as raison, dis-je en haussant les sourcils.

Il cligne des yeux en essayant de lire les miens.

— Ok, écoute-moi, dis-je. Nous avons de l'argent. Tu as un nouveau nom et une nouvelle identité. Alors, pourquoi ne pas s'inscrire à certains cours ? Pourquoi ne pas obtenir un baccalauréat sous ton nouveau nom ?

— Quooooi? dit Owen en riant.

— Ce n'est pas aussi ridicule que cela puisse paraître, dis-je. Je veux dire, tu peux étudier ce que tu veux et tu auras environ quatre ans pour comprendre les choses. De plus, tu auras un diplôme réel que tu as obtenu.

Owen se lève brusquement et se dirige vers le comptoir de la cuisine.

J'attends qu'il revienne mais il ne le fait pas.

Après quelques instants, je le suis.

Ses épaules sont tendues et montent et descendent alors qu'il inspire profondément.

Je regarde un peu jusqu'à ce que je réalise ce qui est en train de se passer.

Il... pleure.

— Owen, es-tu... Je pose ma main sur son épaule.

Il se détourne de moi en essayant de cacher ses larmes.

— C'est bon, murmuré-je. Ça va. Je suis là.

Je passe mes bras autour de ses épaules et le serre jusqu'à ce qu'il arrête de sangloter.

— Je suis désolé, dit-il en s'éloignant de moi. Je suis un imbécile.

— Non, tu ne l'es pas. Mais que se passe-t-il ?

— J'ai toujours voulu aller à l'université. Pendant que j'étais en prison, c'est tout ce à quoi j'avais pensé. Mais ensuite, je sais combien les frais de scolarité sont ici et ce n'est même pas dans les écoles les plus abordables. Je ne pourrais donc jamais le justifier.

Je secoue la tête, ne comprenant pas ce qu'il veut dire.

— Eh bien, à quoi bon gaspiller tout cet argent à l'école si je ne pouvais jamais utiliser ce diplôme dans la vie réelle ? Ça allait être un gaspillage. Avec mon dossier, je n'aurais jamais trouvé de travail avec de vrais candidats. Quelle entreprise m'engagerait ?

— Mais c'est ça le problème, non ? dis-je en souriant du coin des lèvres.

— Ouais, c'est quand ça m'a frappé pour la première

fois, dit Owen. C'est pourquoi je suis si ému. Maintenant, avec cette nouvelle identité et cet argent, je peux faire ce que je veux.

— C'est vrai, tu peux, dis-je en lui tapotant le dos.

— Wow, il marmonne dans sa barbe, regardant le sol.

Une vague de soulagement me submerge.

C'est peut-être cela

C'est peut-être ce dont il avait besoin pour retrouver son enthousiasme.

Nous collectons la vaisselle et nettoyons la table en parlant de tout ce qu'il pourrait étudier et de tout ce qu'il pourrait être.

Je ne sais toujours pas comment cela fonctionnerait s'il souhaitait, par exemple, obtenir un diplôme en médecine ou tout ce qui nécessitait une licence, mais pour l'instant, je suis simplement dépassée de le voir si heureux.

— Ça va être génial, Owen. Ça va être tellement bien pour toi, dis-je en le serrant dans ses bras.

— Je pense aussi, dit-il. Maintenant, pourquoi ne pas fêter avec un peu de glace ?

QUAND ON CÉLÈBRE...

Owen est un maître de la crème glacée.

Pour lui, il s'agit de la combinaison de saveurs ; une boule de vanille avec une boule de caramel, garnie de M&M's et de sauce au chocolat.

— Tu es sûre que tu n'en veux pas ? demande-t-il.

Je secoue la tête.

Je ne mange pas de produits laitiers, mais je fais une exception pour ce soir et pour un peu de glace.

Mais j'impose une limite à sa concoction.

— Je ne peux pas croire que tu manges tout ça, dis-je.

— C'est délicieux, insiste-t-il.

Je mets une boule de chocolat dans mon bol et mange une cuillerée avant de m'asseoir sur le canapé.

Lorsque Owen se penche en face de moi, le canapé en cuir synthétique me compresse et me pousse vers le haut.

Je pose mes pieds nus sur le pouf moelleux et savoure sa douceur.

Je prends la télécommande et commence ma dernière frénésie Netflix.

Nous regardons pendant un petit moment tout en appréciant la présence de chacun et le silence.

J'ai juste besoin de lui donner plus de chance, je décide. Sortir de prison, c'est un peu comme revenir de la guerre, du moins d'après les articles que j'ai lus en ligne.

Les gens souffrent d'anxiété et ont du mal à s'adapter à la vie de l'extérieur.

En plus de cela, il n'est pas sorti dans une situation stable.

Au lieu de rentrer chez moi, rencontrer son agent de libération conditionnelle et trouver un emploi, respecter un couvre-feu et un ensemble de règles bien établies, nous nous sommes enfuis.

Cela lui a probablement sauvé la vie, mais il est maintenant temps de faire ce qu'il était censé faire.

— Comment te sens-tu ? demandé-je, en me tournant vers lui. À propos de tout ça ?

— Bien. Soulagé en fait, dit-il en léchant sa cuillère. Je pense que je suis un peu perdu. Et je suis désolé d'avoir été un tel abruti.

J'acquiesce.

Ses excuses sont agréables à entendre.

— Je pensais à ce dont nous avons parlé et peut-être que l'école est une bonne option. Cela me donnera un emploi du temps de choses à faire et une certaine concentration. En plus, j'aime beaucoup apprendre.

— Je sais, dis-je en posant ma main sur sa jambe. C'est bien de revoir cette étincelle.

— Que veux-tu dire ?

— Eh bien, en prison, tu m'écrivais toujours sur ce que tu lisais et tu avais toutes ces idées sur la philosophie et la vie. Et quand tu es sorti... Ma voix se tue.

Il attend que je continue.

— Eh bien, quand tu es sorti, tu as semblé perdre cela.

Owen baisse la tête et enfonce ses doigts dans ses cheveux épais.

Il a beaucoup grandi depuis sa sortie et il ne ressemble plus tellement à un skinhead.

—J'étais juste perdu, dit-il après un moment. Au début, j'essayais simplement de surmonter le coma et tout ce qui s'est passé...

— Oui, je suis sûre que ça a été tellement traumatisant pour toi, dis-je.  S'il te plaît, ne penses pas que je suis en train d'oublier ça.

— Non pas du tout. J'essaie simplement d'expliquer ce qui se passe pour moi.

Maintenant, c'est à mon tour d'attendre qu'il continue.

—Je n'étais pas sûr de savoir qui j'étais supposé être ici, dit-il, expirant profondément. Après toutes ces années passées à l'intérieur, je savais qui j'étais *là-bas* mais dans le monde extérieur ? J'avais le sentiment de marcher dans le vide. Comme si aucune gravité ne me retenait. C'est probablement pour cette raison que tant de détenus prennent de mauvaises décisions justes après leur libération. Cette sensation d'apesanteur est exaltante au début, mais tu commences à te sentir mal. Nauséeux.

Je n'ai jamais pensé de cette façon.

Je veux dire, je savais qu'il serait difficile de vivre en prison avec toutes ses règles et réglementations, mais je ne réalisais pas à quel point ce serait difficile.

— Tu as de la glace sur la joue, dit Owen en se tournant vers moi.

J'essuie quelque chose, mais pas au bon endroit.

Il pointe son visage pour me montrer où il se trouve, mais je ne trouve toujours pas.

Il commence à rire.

Se rapprochant, il se penche plus près de moi et passe son pouce doucement juste sous ma lèvre inférieure.

— Merci, dis-je en m'éloignant, mais sa bouche est soudainement sur la mienne.

Il n'attend pas que je réponde avant de pousser son corps contre le mien.

— Attends, qu'est-ce que tu fais ? murmuré-je, essayant de le repousser.

— J'attendais ça depuis si longtemps, Olive, marmonne-t-il.

C'est presque comme s'il ne m'avait pas entendu.

— Non, arrête, dis-je plus fort cette fois, le repoussant aussi loin que possible de moi.

— Quoi ? Qu'est-ce qui ne va pas ?

— Qu'est-ce que tu fais ?

— Je t'aime, Olive.

Je me lève du canapé et redresse mes vêtements.

Ces trois mots simples.

Ils sont sortis de la bouche d'Owen si facilement.

Pourquoi Nicholas ne pouvait-il pas dire cela ?

Pourquoi ne puis-je pas le lui dire ?

— Et cette fille avec qui tu as couché ?

— Qu'est-ce qu'elle a ?

— Je pensais que tu l'aimais bien.

— Oui. Mais je *t'aime*.

— Owen, tu es mon frère, dis-je en secouant la tête.

— Non, je ne suis pas ton frère, dit-il, sa voix devenant plus profonde et plus puissante.  Le plus tôt tu te l'enfoncera dans la tête et le mieux ce sera.

— Ne me parle pas comme ça !

Je reste une seconde là sans savoir quoi faire.

Ensuite, je prends mon bol et l'amène à l'évier.

J'ouvre le robinet pour essayer de comprendre tout cette situation, à la fois ce qu'il a fait et ce qu'il a dit. Mais alors la colère commence à monter en moi.

— Pourquoi as-tu fait ça ? demandé-je en me retournant.  Nous avions un si bon dîner et tout se déroulait bien pour une fois.

Il me regarde.

— Quoi ? Pourquoi me regardes-tu comme ça ?

Il secoue la tête. — Tu ne comprends pas ? Tu ne vois pas que je suis amoureux de toi depuis longtemps ?

— Je ne pense pas à toi de cette façon, Owen.

— Pourquoi pas ? Parce que je ne suis pas un escroc qui te ment tout le temps et te fait sentir comme de la merde.

— Cela n'a rien à voir avec Nicholas. Tu es mon frère et rien ne pourra le changer.

— Oh, oui ? dit-il, le prenant comme un défi.

Avant que je ne puisse prendre conscience de ce qui se passe, il me coinça contre le mur, pressant son corps contre le mien.

Ses mains sont sur moi et entre mes jambes.

Sa langue est dans ma bouche.

J'essaie de le repousser mais il ne me laisse pas bouger.

— Laisse-moi, balbutié-je en serrant mes jambes, mais lorsqu'il appuie son avant-bras contre mon cou, je lutte pour respirer.

J'aspire à l'air quand ma trachée se ferme sous la pression.

— Et maintenant ? Tu me vois toujours comme ton frère ? me dit-il à l'oreille.

Des sueurs froides coulent le long de mon corps.

Il relâche sa main et je commence à tousser.

Il pose à nouveau ses lèvres sur les miennes.

Je le repousse et cette fois ça marche.

Il fait un pas loin de moi.

Il a une expression de chiot triste sur le visage, comme si je l'avais heurté profondément.

— Éloigne-toi de moi, dis-je en allant dans ma chambre.

Je balance quelques objets dans un sac à dos et me dirige vers la cour par la porte coulissante.

Je fais le tour de la piscine et entre par la porte latérale dans le garage.

## 11

## OLIVE

QUAND JE M'ENFUIS…

Je m'éloigne en conduisant, les larmes aux yeux. Je me sens comme une imbécile. Lorsque j'arrive au premier panneau d'arrêt, je peux à peine voir et je suis obligée de m'arrêter. Je pleure dans le volant.

Je me reproche d'avoir laissé cela se produire.

Je me reproche de lui avoir fait confiance.

Je me reproche d'avoir cru en lui.

Mais surtout, je déplore ce que nous avions.

Il n'y a pas si longtemps, nous avions la relation la plus pure possible entre deux personnes. Nous étions frère et sœur et nous nous aimions comme des frères et sœurs.

Du moins, c'est ce que je pensais.

Une fois mes larmes desséchées, je cherche un hôtel ou un Airbnb que je peux louer dans la région. Je trouve une autre maison avec piscine pas plus chère qu'une chambre d'hôtel que je choisis.

La piscine a été l'un des aspects les plus merveilleux de notre maison et je ne laisserai pas Owen me faire l'abandonner.

Heureusement, la majeure partie de l'argent est sur mon compte et il n'y a pas accès.

Je me demande pour combien de temps je devrais réserver cette maison pour finalement m'installer une semaine. Cela devrait me laisser un peu de temps pour comprendre les choses.

Les instructions de réservation arrivent par SMS presque immédiatement après le paiement.

Je conduis deux kilomètres et gare la voiture devant une petite maison blanche avec une porte turquoise. Il y a une grande statue en or d'un lévrier juste devant. Je passe mes doigts sur sa tête lisse et son museau tout en tapant le code sur le clavier.

Il y a un grand canapé d'angle inclinable au milieu de

la pièce, face à une immense télévision. Je laisse tomber mon sac et m'installe dessus avec mon téléphone dans la main. Je ne me réveille pas avant le lever du soleil le lendemain matin.

J'étire mes bras et bouge mon cou d'un côté à l'autre. Je n'ai jamais dormi dans un fauteuil inclinable, mais je sais maintenant pourquoi tant de gens le font. Compte tenu de tout ce qui s'est passé, mon sommeil était incroyablement reposant.

Dans la cuisine, je me prépare du thé puis me promène dans la maison, la tasse à la main.

C'est une maison avec deux chambres qui ressemble beaucoup à celle que j'ai loué pour Owen et moi. Même design moderne du milieu du siècle avec des meubles assortis. Une des chambres donne sur la cour avec une piscine de forme carrée.

Incapable ou peut-être pas disposée à dire non, je me déshabille et saute dedans.

L'eau est chauffée mais elle n'est pas particulièrement chaude. Je plonge et savoure ma propre apesanteur. Mes problèmes commencent à disparaître un à un, comme si l'eau les absorbait. Mais cela ne dure que jusqu'à ce que je revienne à la surface et que j'inspire une bouffée d'air.

Plus tard dans la matinée, je passe devant un bar à jus local et commande un smoothie vert avant de me diriger vers un nouveau lieu de randonnée : le canyon Tahquitz.

Je n'y suis jamais allée auparavant, mais j'ai lu les critiques de l'application All Trails. Ça représente environ 8 kilomètres au total avec une cascade.

Une cascade au milieu du désert ? Je dois voir ça.

J'empreinte une route escarpée qui monte directement dans les montagnes et me gare sur le parking devant le centre des visiteurs.

Après avoir payé, je suis le sentier rocheux plus loin dans la vallée au-dessus du sol du désert.

Un quart du chemin et je suis entouré de trois hautes montagnes de granit.

Je scrute le ciel à la recherche d'éventuels moutons à grandes cornes que le garde forestier a mentionné que j'aurais peut-être assez de chance repérer. Il en a vu des groupes courir à toute vitesse sur l'une de ces montagnes. Un lion de montagne, qui mesure environ

2 mètres et pèse quatre-vingt-dix kilos, est connu pour errer dans ces régions et le garde forestier soupçonne que c'est lui qui les poursuit.

Je suis impressionnée par la proximité de la nature et de la civilisation. La nuit, j'entends des coyotes hurler et ici, à quelques kilomètres de chez moi, vivent des lions des montagnes et des moutons à grandes cornes. Cela pourrait rebuter certaines personnes, mais j'aime ça.

Je vis dans une ville depuis très longtemps et je réalise à présent à quel point cela peut rendre claustrophobe.

Il y a un décalage entre le moi urbain et le moi sauvage.

Ici, je respire et je me sens libre.

Plus libre que je ne me suis jamais senti à l'est.

Le sentier continue de devenir de plus en plus escarpé et je suis obligée de me reposer quelques instants après avoir commencé à ressentir des étourdissement.

Si tu continues à le faire assez longtemps, tu deviendras plus forte, me dis-je. Prends une minute pour te reposer mais continues.

Ça en vaudra la peine à l'arrivée.

Je lance à nouveau le livre audio. Ce n'est pas ma lecture habituelle, mais je l'ai vue et achetée impulsivement.

Il s'agit d'une femme qui a parcouru le Pacific Crest Trail du Mexique au Canada. La randonnée fait plus de 300 km et dure environ six mois.

Aujourd'hui, j'ai du mal à en faire que deux.

Quand j'arrive au milieu de la randonnée, je ne peux en croire mes yeux. Au milieu de l'un des déserts les plus durs et les plus chauds du monde, se trouve une haute chute d'eau.

Toute l'eau qui tombe a formé un lac limpide en face d'elle.

C'est un jour de semaine et je suis la seule ici.

J'enlève mes chaussures et rentre dedans. L'eau est beaucoup plus froide que dans ma piscine mais reste assez chaude pour en profiter. Dans la chaleur accablante qui m'a complètement fait transpirer à travers ma chemise, c'est en fait assez rafraîchissant.

J'aime prendre des photos et j'ai même apporté une perche à selfie avec moi.

Je prends des photos du rivage de l'intérieur du lac et de moi-même avec l'eau jusqu'à mes épaules.

Un peu plus près de la cascade, il y a un rocher imposant d'environ 6 mètres de haut, qui a la forme d'un œuf.

La vallée l'entoure, mais il reste encore un espace entre le mur et le rocher pour pouvoir traverser de l'autre côté.

Tout à coup, je regrette le fait d'avoir apporté mon téléphone.

Je retourne à la rive, le dépose et me presse de retourner dans l'eau. La seule façon de se rapprocher de la cascade consiste à nager ou à appuyer le dos contre le rocher et les pieds contre le mur de granit et à traverser l'ouverture.

Je pense que je vais essayer le dernier en premier, puis si je tombe, je nagerai.

En pleine ascension, je commence soudainement à paniquer.

Il n'y a personne autour de moi et je crains de tomber et de me frapper la tête.

Je devrais commencer à nager.

Pourquoi suis-je si stupide ?

Ces pensées commencent à dépasser mon jugement et un sentiment de panique envahit mon corps.

Je prends quelques respirations profondes pour me calmer. Puis je me parle à voix haute.

— Ça va aller, tout va bien. Si tu veux nager, il suffit de nager. Lâche-toi et retombe lentement. Tu ne te cogneras pas la tête.

Mon corps refuse d'obtempérer.

Au lieu de cela, je continue à me déplacer lentement coincée entre deux rochers jusqu'à ce que je sorte de l'autre côté.

Je laisse échapper un profond soupir de soulagement.

La cascade n'est pas grande et c'est une baignade facile en dessous.

Mais je reste assise sur le rebord de l'autre côté du rocher et observe.

À travers le soleil et contre le ciel bleu lumineux, les eaux qui s'écoulent ressemblent à des milliers de diamants.

Hypnotisée, je passe mes mains autour de mes genoux et me perds dans la beauté.

Je reste longtemps au bord de la cascade, profitant de la solitude et du silence jusqu'à ce qu'un groupe de personnes agitées de cinquante ans se présente.

Ils parlent et rient fort, brisant ma transe.

Quand je reviens au rivage, l'un des hommes fait une blague sur le fait qu'il va me faire ma fête, mais seulement si je saute.

Comment ose-tu polluer ce bel endroit avec tes avances sexuelles ? Je veux lui demander, mais je ne dis rien.

Je serre mes poings à la place et attends que le désir de le frapper se dissipe.

Quand je reviens à ma voiture, je prends une décision. Je vais trouver ma mère.

## 12

OLIVE

QUAND JE VAIS LA TROUVER...

Lorsque je mets son adresse dans Google Maps sur mon téléphone, mes mains se mettent à trembler.

Je l'ai déjà regardé auparavant, mais je ne l'ai jamais fait avec l'intention d'y aller.

Maintenant que le moment est venu, j'ai mal au ventre.

Un million de scénarios différents me traversent l'esprit.

Et si elle ne veut pas me voir ?

Et si elle me claque la porte au visage ?

Et si elle dit qu'elle ne sait pas de quoi je parle ?

Je passerais le reste de la journée à lire des histoires sur des enfants adoptés retrouvant leurs parents.

Dans certains cas, ils sont heureux de les voir, mais dans la plupart des cas, ils ne le sont pas. C'est peut-être simplement le parti pris de ce site web (les personnes qui l'utilisent pour exprimer leurs problèmes), mais j'essaie de me préparer au pire des cas. Elle pourrait dire que je me trompe et qu'elle veut que je quitte sa propriété.

Je suffoque avant même d'avoir réalisé que je retenais mon souffle.

— D'accord, arrête de penser au pire. Je me dis à voix haute.  En route.

Je m'engage sur une route qui monte dans les montagnes, passant d'abord devant une série de mobil-homes.

Je jette un coup d'œil au téléphone.

Sa maison est encore un peu plus loin. Lorsque je conduis un peu trop lentement, la voiture derrière moi klaxonne. Il n'y a nulle part où s'arrêter pour les laisser passer, alors j'accélère.

C'est juste autour d'un autre virage que commencent

les hôtels particuliers. Je l'ai vu en regardant sa maison sur mon ordinateur la nuit dernière.

La voiture derrière se dirige vers un portail et je continue plus loin.

Trois autres maisons plus tard, et je tourne dans son allée.

Il y a un interphone à côté d'une belle porte en chêne moderne. Je suis trop loin de là pour pouvoir l'atteindre depuis ma voiture, alors je suis obligée de le mettre en position stationnaire et de sortir.

Je regarde les boutons.

En dépit de tout ce que j'ai examiné de cette maison satellite, je n'ai pas du tout pris en compte le fait que je pourrais être refoulée avant même de pouvoir la voir.

Mon cœur commence à battre de façon erratique.

Si celui qui répond n'est pas elle et ne me laisse pas entrer, que dois-je faire alors ?

Je tape mes doigts sur ma cuisse. Puis sans appuyer sur aucun bouton, je rentre à l'intérieur et ferme la porte.

Je ne sais pas quoi dire et je ne peux pas appuyer sur ce bouton avant de le savoir.

Je reste dans la voiture pendant quelque temps à essayer de tout comprendre.

Pour une raison quelconque, je n'ai jamais pensé que je ne la verrais pas ouvrir la porte.

Pourquoi pas ? J'ai eu tellement de temps pour penser à tout.

Je pensais que j'aurais au moins ça, même si toute la conversation allait mal tourner.

Et maintenant ?

Et si quelqu'un d'autre répond à la porte ?

Qu'est-ce que je leur dis ?

Un bip fort me surprend.

— Puis-je vous aider ? demande quelqu'un.

Je regarde l'interphone à travers ma fenêtre ouverte, incapable de bouger d'un pouce.

— Pardon ? Pouvez-vous m'entendre ?

La voix appartient à une femme mais je ne peux pas dire quel âge elle a.

— Euh, oui… je suis ici pour voir Josephine Rose Reyes, dis-je lentement.

Il y a un silence à l'autre bout.

— Ou peut-être Josephine Rose Lebold maintenant ?

— Qui est-ce ?

— Je suis… je commence à dire mais ensuite je m'arrête.

Je ne sais pas à qui je parle.

Ce pourrait être une femme de ménage ou une sœur ou une fille.

Je ne sais pas ce que les membres de sa famille savent de moi et je ne veux pas rendre plus difficile l'établissement d'une relation entre nous.

— C'est personnel. Je la cherche juste. Est-ce qu'elle vit ici ?

— S'il vous plaît dites-moi votre nom, dit la voix après une longue expiration.

Je prends une profonde respiration.

— Je ne vais pas vous laisser entrer sans votre nom, dit la femme.

Maintenant, c'est à mon tour d'exhaler.

— Je m'appelle Olive Kernes.

— Attendez une minute, dit-elle.

Une longue pause s'ensuit, puis une autre.

Quand je suis sur le point de l'abandonner, la porte commence à s'ouvrir.

Je conduis la longue allée menant à une maison de verre très moderne donnant sur une falaise.

Je gare ma voiture dans l'allée et monte les marches bordées d'orangers des deux côtés.

Il y a une grande double porte en bois vieilli couleur caramel. L'un d'eux a un heurtoir de porte en fer forgé.

Je suis sur le point de l'utiliser quand le verrou tourne.

— C'est simplement pour des raisons décoratives, dit une femme coiffée d'un chignon.

Avec les lèvres pincées, doublée d'une couleur neutre, d'une robe noire jusqu'aux genoux et surmontée d'un tablier blanc immaculé, elle ressemble à une femme de ménage dans les films.

J'ignorais qu'il y avait des gens qui employaient réellement des personnes ressemblant à ça.

— Bonjour, je suis Olive Kernes, je me présente, en tendant la main.

Elle me serre la main mais je peux dire que mon geste la déroute.

C'est comme si elle ne s'attendait pas à ce que je me présente à elle.

— S'il vous plaît, suivez-moi, dit la gouvernante, sans me donner son nom en réponse.

Je me promène dans une énorme arche en marbre et dans un salon tout aussi spacieux qui est complètement entouré de verre. Les vues sur la vallée sont vastes et magnifiques.

— Par ici s'il vous plait, madame, dit la gouvernante.

Je la suis dans un grand couloir blanc menant à une autre partie de la maison.

Cela ressemble à quelque chose d'un salon. Deux luxueux canapés se font face et sont dirigés vers une grande cheminée.

Une belle bergère à oreilles repose à la tête et une

grande table basse en marbre centre la pièce entière. Je cherche une télévision mais je n'en trouve pas.

— S'il vous plaît, attendez ici pendant que je vais chercher Mme Jemisin.

La vue m'attire comme s'il s'agissait d'une force gravitationnelle.

Les fenêtres commencent à l'étage et s'étendent sur toute la longueur du mur, environ vingt mètres jusqu'au plafond.

Au lieu de glisser, ils s'ouvrent comme un accordéon mais leurs charnières sont si minces qu'elles sont pratiquement invisibles.

— Olive, quelqu'un m'appelle.

Sa voix est douce et délicate et je reste un moment sans me tourner vers elle pour savourer ce moment.

# 13

## OLIVE

QUAND JE LA VOIS...

— OLIVE, dit-elle encore.

Je prends une profonde inspiration, je prends mon courage à deux mains et je me retourne.

La femme devant moi est de taille moyenne, mais elle est très mince. Elle a la quarantaine, mais on pourrait facilement penser qu'elle a trente-cinq ans.

Vêtue d'un legging et d'un t-shirt ample, elle ne ressemble pas à quelqu'un qui posséderait une maison comme celle-ci.

— Vous êtes... Josephine, dis-je doucement.

Elle me fait un petit signe de tête et me demande de m'asseoir.

C'est seulement maintenant que je remarque qu'elle ne porte ni chaussures ni chaussettes et qu'elle a un bracelet de cheville en argent avec un palmier autour du pied droit.

Elle prend place dans la bergère à oreilles et croise les jambes.

— Comment puis-je vous aider ? Demande-t-elle.

Soit elle ne sait pas pourquoi je suis vraiment ici, soit elle ne veut pas abattre ses cartes.

Je m'assieds au bord du canapé à côté d'elle et prends une profonde inspiration.

Craignant de croiser son regard, je la regarde un peu en arrière.

Comment n'ai-je pas remarqué cela auparavant ? Le mur est recouvert d'images de sa famille.

Il y a des photos de Josephine et de son mari dans des villes du monde entier. Des photos d'eux à Londres, Rome et Sydney sont mélangées à proximité de cascades et de glaciers.

— Est-ce votre famille ? demandé-je, en montrant l'image plus proche d'elle.

C'est elle, sourire jusqu'aux aux oreilles avec son mari et ses deux petits-enfants, tous deux âgés de moins de cinq ans.

— Oui, dit-elle doucement.

J'attends qu'elle élabore mais elle ne le fait pas. — Comment puis-je vous aider, Olive ?

Oui, bien sûr.

Elle veut aller droit au but.

Je traîne.

Non seulement parce que j'ai peur de sortir et de dire ce que je dois dire, mais aussi parce que je veux passer le plus de temps possible avec elle avant qu'elle me jette à la porte.

— Que fait votre mari? je laisse échapper.

La question est assez inappropriée , mais une fois sortie, je ne peux plus vraiment revenir en arrière.

— Il travaille pour moi, dit-elle en élargissant les épaules et en souriant aux coins des lèvres. Avec moi, ajoute-t-elle.

— Oh, je suis vraiment désolée, ai-je ajouté, totalement humiliée.

Pourquoi ai-je simplement supposé qu'elle eût tout cela à cause d'un homme ?

Et même si c'était le cas, pourquoi le dire ?

Je suis tellement idiote.

— Comment puis-je aider, Olive ? demande Josephine en repoussant ses longs cheveux couleur sable d'une épaule à l'autre.

Je prends une profonde respiration.

Quand j'ouvre la bouche, ça sèche complètement.

Je commence à dire quelque chose mais je ne peux pas m'empêcher de tousser. Ne voulant pas qu'elle pense que je suis un mur de pierre, je commence quand même.

— Je suis votre fille, dis-je en me raclant la gorge.

La gouvernante plaça deux verres d'eau sur la table à café avant de repartir et je décide de prendre une gorgée.

Josephine ne réagit pas.

Je m'attends à ce qu'elle soit heureuse ou folle mais elle n'a absolument aucune réaction. Son effet reste inchangé et je ne sais pas quoi faire avec ça.

— Euh, j'ai obtenu vos dossiers par un enquêteur privé et il semble que tout soit juste.

— Puis-je les voir s'il vous plait ? demande-t-elle.

Je sors mon sac à dos et sors le dossier avec toutes les informations que j'ai sur elle.

C'est seulement quand elle a entre les mains que je réalise que j'aurais probablement dû en faire une copie.

Et si elle les prend ?

Qu'est-ce que je fais si je perds la seule information que j'ai ? La seule preuve !

Je me décale jusqu'au bord du canapé et m'assois aussi près que possible d'elle tandis qu'elle pose le dossier sur ses genoux.

Elle le passe en revue, examinant chaque page avec soin.

Ensuite, elle atteint les résultats du test ADN.

— Comment ont-ils obtenu ces résultats ADN ? demande-t-elle.

— Je ne suis pas sûre. Il a travaillé pour mon ex petit ami, je ne l'ai jamais rencontré. Mais je pense qu'il vous a probablement suivi et a récupéré une tasse de café que vous avez jetée, ou quelque chose du genre.

Josephine ferme lentement le dossier et lève les yeux dans ma direction. Ce n'est que lorsque nos yeux se croisent que je vois les larmes dans les siens.

— Olive, dit-elle doucement en pressant son index sur ses yeux pour retenir ses larmes.  Je suis ta mère.

Je suis assise ici, abasourdie, jusqu'à ce qu'elle me jette ses bras autour de moi.  Je te cherche depuis si longtemps...me murmure-t-elle à l'oreille.

Les larmes commencent à monter et à couler sur mon visage.

Je les essuie mais d'autres viennent.

Après quelques instants, j'abandonne et me laisse pleurer.

Nous nous tenons l'une l'autre pendant un certain

temps avant de finalement nous écarter. Cela va bien au-delà de la réponse que je pensais obtenir.

Au début, elle semblait calme, voire froide, mais je réalise maintenant qu'elle voulait juste s'assurer que j'étais vraiment qui je prétendais être avant de confirmer.

— Parle-moi de toi, dit Josephine. Dis-moi tout.

Je ne sais pas par où commencer mais je prends une profonde inspiration et je commence simplement.

Je lui raconte comment j'ai grandi et qui est ma famille. Je passe sous silence la dépendance et le séjour de mon frère en prison.

Nous venons de nous rencontrer et je ne veux pas lui balancer directement toutes les merdes auxquelles j'ai fait face dans ma vie.

Je ne suis pas de la famille, alors je me concentre sur moi-même. Je lui parle de toutes mes études au lycée et au Wellesley College.

— Oh mon Dieu, tu es allée à Wellesley ! crie-t-elle. Wow, c'est une si bonne école.

— Je suis tellement soulagée que tu en aies entendu

parler, dis-je. Tu serais pas surprise de voir combien personne ignore son existence.

— C'est l'une des meilleures facs libérales du moment. Elle est imprégnée d'histoire. Je suis si fière de toi !

Je lui fais un petit sourire mais ensuite mes lèvres se séparent et je souris d'une oreille à l'autre.

Je ne sais pas depuis combien de temps je voulais que ma mère me le dise.

Plus de larmes commencent à couler. Je renifle pour essayer de les faire partir.

— Qu'est-ce qui ne va pas ? Qu'est-ce que j'ai dit ? demande-t-elle en passant son bras autour de mon épaule.

— Je suis tellement...soulagée que tu sois heureuse de me voir, je marmonne.  Je ne savais pas trop comment tu réagirais si une étrangère venait était amenée à entrer dans ta vie de manière totalement inattendue.

Elle me donne une pincée et un bisou sur la joue.

Je veux lui demander ce qui est arrivé et pourquoi elle m'a abandonnée mais je veux en savoir plus sur elle d'abord.

— Es-tu allée à la fac ? demandé-je.

Elle hoche la tête.

— Après avoir déménagé ici en Californie, je suis allé au Santa Monica College, qui est une fac communautaire, puis j'ai été transféré à l'USC. C'est de là que j'ai obtenu mon diplôme.

— Wow, Université de Californie du Sud. C'est génial.

— J'ai beaucoup aimé. C'est là que mon mari et moi nous sommes rencontrés.

Elle pointe la photo sur le mur. Je le regarde plus attentivement.

Il a des sourcils dignes de confiance et un fort nez romain.

— Alors, vous êtes ensemble depuis quand ? demandé-je.

— Nous sommes ensemble depuis mon deuxième semestre, depuis l'âge de vingt ans, dit-elle.

Tout à coup, un fossé se forme entre tout ce dont nous devrions parler et ce dont nous parlons réellement.

J'essaie de maintenir la conversation à ce niveau mais je ne peux tout simplement pas.

Je lève les yeux vers elle et la vois me regarder.

— Pourquoi ne me demandes-tu pas ce que tu es venue me demander ? dit doucement Josephine.

## 14

### OLIVE

JE M'ASSOIE dans le canapé en essayant de me faire aussi petite que possible. Je veux savoir, bien sûr, mais je ne veux pas demander.

Je ne veux pas que ce beau moment entre nous se dissipe.

— Pourquoi m'as-tu abandonnée ? je demande, déglutissant difficilement.

— Je ne l'ai pas fait, dit-elle doucement.

Puis elle se dirige vers le bord de sa chaise et pose ses mains sur mon genou. Tu dois me croire, Olive. Tu étais la seule chose que je voulais et ce qui t'est arrivé n'était pas de ma faute.

Je ne sais pas comment analyser cela. Mes doigts deviennent engourdis et mon estomac commence à faire des sauts périlleux.

— Comment ça ? je parviens à demander.

— Ton père et moi étions profondément amoureux, dit-elle, se mordant la lèvre inférieure, comme si penser à lui faisait encore mal aujourd'hui. Mes parents n'ont pas approuvé. Sa mère non plus. Nous étions riches. Il était pauvre. Selon mon père, il n'appartenait pas à notre école préparatoire, même s'il était probablement le plus intelligent des enfants.

J'acquiesce.

— Il s'appelait Danny Lebold.

Dans le dossier, je connaissais son nom, mais rien d'autre à son sujet, sauf qu'elle avait pris son nom à un moment donné.

Attends une seconde.

Elle a utilisé le passé.

Je la regarde en essayant de ne pas laisser mon esprit se diriger dans cet endroit.

— Danny est mort dans un accident de voiture, dit-elle

lentement. La nuit où nous étions supposés nous enfuir ensemble. Je l'ai attendu et il n'est jamais venu. J'ai appris par la suite que sa voiture avait été poussée dans la circulation par une autre et qu'il était mort sur le coup.

Je pose ma main sur ma bouche et secoue la tête.

— Tout le monde a dit que c'était un accident, mais je n'y croyais pas. Pas ce jour-là, pas maintenant.

— Que penses-tu qu'il soit arrivé ?

— Je pense que mon père a tout organisé. Je n'ai aucune preuve, mais il aurait tout fait tout pour nous séparer.

— Tu penses vraiment qu'il a fait ça ? je demande, essayant de comprendre si elle venait juste de me dire que mon grand-père s'était débarrassé de mon père.

— J'avais des doutes auparavant, mais après m'être enfui en Californie pour assurer ta sécurité, ils m'ont retrouvé. J'ai commencé à avoir des contractions et je suis allée à l'hôpital. Leur équipe d'investigation a travaillé dans tout le pays et ils m'ont retrouvée.

Elle cesse de parler pendant un moment, essayant de

rassembler ses pensées. Je veux la presser de continuer à parler mais je lui laisse un peu de temps.

— Le travail ne se passait pas bien. Ça prenait une éternité et à un moment donné ma tension artérielle a commencé à baisser et ils m'ont emmenée dans une pièce pour une césarienne en urgence.

J'acquiesce.

— Contrairement à ce qui était prévu, pour une césarienne d'urgence, ils t'assomment complètement, ajoute-t-elle.

Je hoche encore la tête.

Elle me regarde les larmes aux yeux. Elle ne les essuie pas cette fois-ci. Au lieu de cela, elle me regarde et me touche la joue avec sa paume chaude.

— Quand je me suis réveillée, ils m'ont dit que tu étais morte, dit-elle.

Des frissons me parcourent le dos.

— Quoi ?

Elle hausse les épaules. Ils m'ont dit que tu étais morte mais ils ne voulaient pas me montrer le corps. Puis mes parents sont entrés et ma mère m'a dit de ne pas m'inquiéter et qu'elle était désolée pour tout. Personne ne répondait à aucune de mes questions. J'ai même appelé la police, mais le médecin et mes parents leur ont parlé et j'étais mineure, et tout ça a été mis sous le boisseau. Ils leur ont dit que la mortinatalité me contrariait.

— Oh mon Dieu, murmuré-je.

— J'ai essayé de te chercher mais mes parents étaient muets comme une tombe. Je ne pouvais rien en tirer. Les mort-nés n'ont pas vraiment de funérailles, du moins mes parents ont refusé d'en organiser une. Ils m'ont simplement forcé à rentrer à la maison avec eux et à n'en plus jamais parler.

— Est-ce ce que tu as fait ?

— Compendieusement. Elle acquiesce. J'étais tellement épuisée par ta naissance tant mentalement que physiquement, et j'étais tellement submergée par tout ce qui s'est passé par la suite. Je ne savais pas quoi faire. Je ne savais pas ce qui t'était arrivé. Je ne voulais pas croire que tu étais morte mais je n'avais aucune preuve. J'avais l'impression que je devenais folle.

Je secoue encore la tête, essayant d'intérioriser tout ce qu'elle dit.

— Je suis revenue en Californie environ trois mois plus tard. Je me suis enfuie à nouveau, mais cette fois-ci, j'ai pris tout mon argent et je suis restée silencieuse jusqu'à l'âge de 18 ans. Ensuite, ils ne pouvaient rien faire pour me ramener.

— Alors... comment as-tu découvert mon identité ? je demande.

— J'ai commencé l'école. J'ai obtenu un travail dans une bibliothèque. J'ai essayé d'aller de l'avant mais je ne pouvais pas abandonner. J'ai fini par embaucher un enquêteur privé, mais après des mois de recherche, il n'a rien trouvé. Ce qu'il a cependant confirmé, c'est que tu n'as jamais été mort-née et que c'était au moins, *déjà ça.*

Elle se lève de son siège et fait le tour de la pièce en regardant les images accrochées au mur. Il y a un vase plein de pâquerettes qu'elle ajuste légèrement en déplaçant quelques tiges.

— Quand ma mère est tombée malade, elle est morte très vite, dit Josephine. Et quelques jours auparavant, j'étais avec elle et elle prenait beaucoup de médicaments et je lui ai demandé. Elle s'est excusée et a dit que tu n'étais pas morte. Que mon père avait

organisé ton adoption par une famille du nord.
Comme ils n'étaient pas riches, ils étaient très motivés
par l'argent - ses mots. Et tant que l'argent continuerait
d'arriver, ils ne te diraient jamais la vérité.

Je mets ma tête entre mes jambes et prends quelques
respirations profondes. Mon cœur bat la chamade.

— Ça va ? Josephine se précipite vers moi.

— Oui, je vais bien, dis-je en la regardant. Je suis un
peu... dépassée.

— Ma mère a eu une photo de toi qu'un des
intermédiaires impliqués dans cette soi-disant
adoption lui avait envoyée, dit Josephine après un
moment. Tu avais cinq ans et tu es exactement comme
tu l'es maintenant. Tu as grandi, bien sûr, mais tu es
une copie conforme de cette petite fille.

Elle tire la photo du tiroir du haut de la commode. Elle
se trouve dans un livre de poèmes d'Emily Dickinson.

Je la regarde. Je ne l'ai jamais vue auparavant, mais je
porte ma robe verte préférée et je souris jusqu'aux
oreilles.

— Je savais qui tu étais dès ton arrivée dans la maison,
admet Josephine. Je ne pouvais tout simplement pas en

croire mes yeux. Et quand j'ai vu les résultats de ce test ADN... Je ne sais pas pourquoi je devais les voir après tout ce temps mais je suppose que cela avait quelque chose à voir avec tous les mensonges dont ma famille m'a nourri.

— Je suis vraiment désolée, murmuré-je.

— Tu n'as rien fait de mal, dit-elle en me prenant dans ses bras et en me rapprochant d'elle. Je suis celle qui est désolée. Je suis tellement désolée de ne pas avoir été là pour toi toutes ces années.

Nous sanglotons dans les bras l'une de l'autre pendant longtemps.

Après avoir séché mes larmes, quelque chose me vient à l'esprit.

— Pourquoi ne m'as-tu pas retrouvée après avoir appris que je n'étais pas morte ?

## 15

### OLIVE

Tout d'abord, le silence est assourdissant. Elle s'assied sur sa chaise et croise les jambes. Je m'assois également et me prépare pour la réponse.

Si elle a appris que j'étais en vie quand j'avais cinq ans, pourquoi n'a-t-elle pas essayé de me retrouver ?

Qu'est-ce qui l'a empêchée de me chercher ?

— Je ne t'ai découvert il n'y a qu'un an, dit Josephine, les pupilles dans ses yeux d'amande se dilatant.

— Quoi ? je souffle.

— Ma mère a gardé cette photo toutes ces années, mais elle ne me l'a jamais montrée. Je ne savais pas avec qui tu vivais. Je ne connaissais même pas ton nom.

Je couvre ma bouche avec ma main et secoue la tête.

J'essaie d'imaginer à quel point cela a dû être douloureux pour elle, mais tout ce à quoi je peux penser, c'est ma propre douleur.

Mon cœur se serre et bat si fort que je pense qu'il va jaillir de ma poitrine.

— J'ai embauché un autre enquêteur privé pour essayer de te retrouver mais je ne savais pas grand-chose. Je ne connaissais pas ton nom ni l'endroit où tu habitais. Mon père a refusé de parler de tout cela. Il insiste toujours sur le fait que tu es mort-née. Tout ce que l'enquêteur avait, c'était cette photo et c'était peu.

Nous nous tenons pendant un moment après cela.

Quand elle s'éloigne, je ne veux pas la lâcher, de peur de la perdre à nouveau.

Elle me demande comment mon enquêteur privé a découvert sa présence, mais je ne connais aucun détail.

Je lui ai dit que l'homme avec qui je sortais à l'époque avait beaucoup de relations et qu'il travaillait pour lui.

— Eh bien, il a fait un sacré boulot, dit-elle.

Soudain, mon corps commence à trembler.

— Quoi ? Qu'est-ce qui ne va pas ? Josephine passe son bras autour de moi.

— Je suis tellement, tellement désolée, murmuré-je. J'étais tellement inquiète de venir ici. Je pensais que j'allais avoir une attaque de panique. Je pensais bien que tu allais me claquer la porte au nez.

— Non, dit-elle catégoriquement. Non, je ne ferais jamais ça.

— Je le sais, maintenant, dis-je avec un gémissement.

Je lui donne un autre câlin et demande si nous pouvons parler d'autre chose. Un grand sourire vient sur son visage.

Je passe encore quelques heures là-bas à raconter ma vie à tour de rôle et à écouter la sienne.

Ne voulant pas rester trop longtemps, je lui dis que je dois y aller.

Je ne veux pas.

Je veux rester et passer le plus de temps possible avec elle, mais je veux me calmer.

Je ne veux pas être l'un de ces visiteurs agaçants avec qui il est amusant de passer du temps au début, mais qui ne sait jamais quand partir.

Je fais une suggestion générale que nous devrions nous revoir à nouveau cette semaine et elle me surprend en me demandant si je veux déjeuner demain.

En rentrant chez moi, je me sens presque léthargique.

Toutes les anticipations et les angoisses ont fortement stressé mon système surrénal et, maintenant que le moment est passé, tout ce que je veux, c'est dormir pour toujours. De retour à mon Airbnb, je me dirige directement vers la chambre à coucher et me pelotonne sous les couvertures.

Je passe en revue tout ce qui s'est passé encore et encore, toujours incapable de croire ma propre expérience.

Je pensais qu'elle prendrait son temps pour m'accepter.

Je pensais qu'elle serait plus méfiante.

Je me suis préparée à cela, car c'est ce que tous les forums en ligne ont dit, peu importe à quel point vous avez envie de vous ruer dans ses bras, c'est une étrangère qui a honte de ce qu'elle a fait et vous voulez respecter ses limites.

---

LE JOUR SUIVANT, les choses bougent.

Josephine appelle et dit que quelque chose est arrivé et qu'elle doit repousser.

— Je suis libre demain, dis-je un peu trop avidement.

— Non, en fait demain ne fonctionnera pas non plus. J'ai beaucoup de travail à rattraper. Je reviendrai vers toi dans quelques jours. J'espère que ça va.

Il n'y a pas grand-chose de plus dans la conversation à part ça. Je regarde le téléphone très longuement après qu'elle ait raccroché. Qu'est-ce que j'ai fait ? Qu'est-ce qui vient de se passer ?

Les jours suivants passent dans la confusion. Je n'ai pas assez d'énergie pour faire quelque chose, alors je reste à la maison pour lire, regarder la télévision et regarder à travers les vieux magazines que les propriétaires traînent dans les parages.

Bien que j'essaye d'oublier, mes pensées reviennent toujours à Josephine.

Quelque chose est « arrivé » après mon départ ? Est-ce qu'elle était juste gentille quand je suis venue ? Ai-je imaginé toute cette interaction ?

Cinq jours plus tard, mon téléphone sonne pendant que je nage dans la piscine. Assez de temps s'est écoulé alors je ne me précipite plus pour y répondre.

Owen est la seule personne qui m'a appelé pendant tout ce temps et je n'ai aucune intention de lui parler.

Quand je sors et me sèche, je baisse les yeux vers l'écran. C'est Josephine. Elle ne laisse pas de message mais un texto arrive un moment plus tard.

*Désolé, j'étais OCCUPEE cette semaine. J'ai dû rattraper beaucoup de travail. Tu veux déjeuner ?*

Je regarde le téléphone en lisant les mots encore et encore. Est-ce qu'elle a vraiment envoyé ça ?

*Bien sûr, où ? Quand ?* Je textote de retour.

Une heure plus tard, nous nous retrouverons sur la rue principale de Palm Canyon Drive à un endroit appelé Tac Quila, un restaurant mexicain moderne. À ma grande surprise, je ne suis pas particulièrement inquiète de la revoir.

J'aurais probablement été terrifiée si nous nous étions rencontrées il y a quelques jours comme nous l'avions prévu, mais après tout ce temps, je suis simplement agacée. Je ne veux pas que ça se voit alors je garde mes sentiments enfouis et souris alors que je suis l'hôtesse de sa table.

Josephine est assise, penchée sur le menu, dans un jardin vertical qui couvre tout le mur derrière elle.

— Wow, quel bel endroit, dis-je lorsque nous nous embrassons.

— C'est un plaisir de te voir, dit Josephine. Je suis vraiment désolée d'avoir annulé l'autre jour, mais j'avais tellement de travail à rattraper.

Je hoche la tête et lui souris légèrement. Tout à coup, je me rends compte que je ne sais même pas ce qu'elle fait dans la vie.

Lorsque nous commandons des boissons, je lui demande.

— Oh, tu ne sais pas qui je suis ? demande-t-elle en haussant les sourcils.

Elle pose son coude sur le bord de la table et joue avec ses cheveux pendant un moment.

— Je devrais ? demandé-je, inclinant ma tête d'un côté.

— Eh bien, non, je ne suis pas si célèbre. Mais je pensais juste que tu savais parce que tu avais fait des recherches sur moi.

## 16

---

## OLIVE

QUAND ELLE NE ME CONTACTE PAS...

J'AI PARCOURU le contenu du dossier que j'ai reçu, mais aucune des informations n'avait quoi que ce soit à propos de ce qu'elle avait fait comme le travail.

— Je suis une écrivain, dit-elle en souriant. Je ne sais pas si tu aimes lire ou pas, mais j'écris des romans à suspense romantiques.

— Vraiment ?! demandé-je, me penchant plus près d'elle. J'adore lire. Des romans d'amour et les thrillers sont mes préférés.

— Bien. Elle sourit. Moi aussi.

— Mais je n'ai jamais vu ton nom nulle part. Oh, je

suppose que vous n'écrivez pas sous Josephine Jemisin cependant.

— Non, j'écris en réalité sous un nom complètement différent. Lauren Hart.

Ma bouche s'ouvre.

Mes oreilles commencent à bourdonner.

— Non, dis-je avec incrédulité.  Non, ce n'est pas toi !

Josephine rit en penchant la tête en arrière.

— J'adore Lauren Hart ! Elle est l'une de mes écrivains préférés. Je lis tout ce qu'elle écrit.

Je ne sais pas pourquoi je parle toujours d'elle comme si elle ne l'était pas, si ce n'est que j'ai toujours du mal à traiter cette révélation.

Il est difficile d'exprimer avec précision à quel point j'aime l'écriture de Lauren Hart.

Elle écrit à la première personne et vous avez le sentiment que vous traversez ce que le personnage traverse. De plus, elle capture des détails que personne n'a jamais lus.

Nos boissons arrivent. Je prends une gorgée de la mienne.

— Je suis vraiment désolée, dis-je en baissant les yeux vers la table.  Tu es juste l'une de mes écrivains préférés et je ne savais pas que tu étais... elle et qu'elle, c'est toi.

— Ce n'est pas grave, dit-elle en posant sa main sur la mienne. C'est vraiment gentil en fait. J'adore avoir des nouvelles de mes lecteurs et je ne savais pas que ma fille, qui avait été perdue depuis longtemps, en faisait partie.

Elle regarde ailleurs pendant un moment puis me retourne.

Je peux voir qu'elle essaie de repousser une larme. Elle se mord la lèvre inférieure et prend le verre qui vient d'être servi.

— Je veux porter un toast, dit-elle. Je te cherche depuis très longtemps, Olive. Je t'aime depuis que j'ai découvert que j'étais enceinte et je ne me suis jamais arrêtée. Tout le monde m'a dit que tu étais morte mais je n'ai jamais cessé de croire.

Les larmes coulent librement sur son visage maintenant.

Elle n'essaie pas de les cacher ni de les arrêter.

— Je veux boire et te remercier d'être venue ici et de me trouver, dit-elle. Je commence à sangloter avec elle.

— Merci, murmuré-je à travers mes larmes en essuyant mes joues.  Merci de m'avoir accueillie et de m'avoir acceptée.

Nous trinquons nos verres.

Le verre est frais sur mes lèvres chaudes et le cocktail a un goût de paradis.

— Wow, c'est incroyable, dis-je, le retirant de ma bouche.

— Je sais, ils font les meilleures boissons ici. Et la nourriture est à tomber par terre, dit Josephine.  Qu'est-ce que tu as commandé ?

— Le refrescado, dis-je.

Je baisse les yeux sur le menu et lis les ingrédients : blanco tequila, agave, jus de citron vert et citron et eau de concombre.

— C'est comme l'eau de concombre, mais tellement plus, j'ajoute. C'est tellement rafraîchissant.

— Le mien est vraiment bon, aussi.

Elle me le tend pour que je goûte et je prends quelques gorgées.

Du coup, nous ne sommes plus des étrangères. Nous sommes presque comme des amies depuis longtemps perdues ou, si j'ose dire, une famille.

Pendant le déjeuner, elle m'a racontée qu'elle a toujours aimée lire et voulait être écrivain depuis qu'elle était petite fille.

Après des études d'anglais à USC, elle a obtenu un diplôme de troisième cycle et un doctorat, mais après avoir obtenu son diplôme, elle était sûre de ne pas vouloir travailler dans l'éducation.

Elle a commencé comme beaucoup d'autres, écrivant des nouvelles et les soumettant à des magazines littéraires.

— La capacité de gérer le rejet est l'une de ces choses que tu dois vraiment développer en tant qu'écrivain si tu souhaites poursuivre dans l'édition traditionnelle, dit-elle lorsque nos pics d'avocat frits arrivent. Lorsque j'ai écrit mon premier roman, une romance paranormale pour jeunes adultes sur un loup-garou, je l'ai envoyé à une quarantaine d'agents différents. La plupart n'ont pas répondu, mais les quelques-uns qui ont renvoyé des lettres de rejet formelles.

— Wow, je ne savais pas que c'était si brutal, dis-je.

— C'est un peu comme jouer au casino. Tu dois juste te préparer au rejet et ne pas le prendre personnellement. Sinon, ça ne marchera jamais.

— Alors, que s'est-il passé ensuite ? demandé-je.

— J'ai écrit plus. J'ai écrit un roman de science-fiction dystopique avec mon mari. Nous avons alterné l'écriture de différents chapitres. Pendant qu'il travaillait, je me suis rendu au Texas à une conférence d'écrivains pour présenter le livre aux agents.

— Et cela a fonctionné ? je lui demande avec impatience.

— J'avais peur de présenter le roman. Je ne suis pas vraiment une oratrice. Mais je l'ai fait et ils m'ont tous deux demandé de le leur envoyer. Eh bien, j'étais vraiment excitée et c'est ce que j'avais prévu de faire. La conférence elle-même a eu beaucoup de séminaires différents alors j'ai assisté au plus grand nombre possible. L'une de celles auxquelles je suis allée à la toute fin était celle que Deanna Roy dirigeait.

Tout était une question d'écriture romanesque et de la façon dont elle a quitté son poste d'enseignante parce qu'elle était capable de gagner environ 30 000 dollars par an en tant qu'auteure indépendante. Eh bien, je n'avais aucune connaissance de ce domaine jusqu'à ce point. Je veux dire, je savais que la romance existait mais je n'avais jamais lu de livres de romance indépendants modernes.

Elle cesse de parler pour tremper le dernier morceau d'avocat dans leur magnifique sauce épicée.

— Que s'est-il passé ensuite ? demandé-je.

— J'ai pris beaucoup de notes et quand je suis rentrée chez moi, je me suis mise au travail. J'ai commencé la recherche autant que possible sur l'industrie. J'ai lu beaucoup de livres, j'ai réalisé que je pouvais tout à fait écrire ce genre de livre et je me suis immiscée dedans. Il y avait aussi beaucoup d'autres choses impliquées dans le processus. J'ai dû apprendre beaucoup de choses sur le marketing et la publicité, mais cela a commencé à marcher. Quand j'ai commencé, je pensais comme cette auteure. Je me disais que, si je pouvais gagner trente mille dollars par an en faisant ce que j'aime, ce serait suffisant pour continuer.

— Et maintenant... tu as cette immense maison ! dis-je.

Je veux tout de suite reformuler à cause de la grossièreté de ma remarque, mais elle rit.

— Mon mari a quitté son travail et il s'occupe beaucoup des aspects financiers de l'entreprise. Mais oui, après de nombreux livres et beaucoup de travail, nous avons pu acheter cette maison incroyable.

— Tes parents doivent être si fiers, dis-je.

— Je ne leur parle plus. Je ne leur ai pas parlé depuis de nombreuses années après ta naissance et je n'ai que brièvement renoué le contact avec ma mère avant sa mort. Ils ne font pas partie de ma vie et je ne leur retirerai jamais un sou. Mes frères et sœurs peuvent avoir tout cela.

## 17

## OLIVE

QUAND JE ME RENDS COMPTE QUE JE SUIS UNE
MAUVAISE AMIE…

JOSEPHINE et moi parlons beaucoup de l'école et de la joie d'apprendre.

Je lui parle de spécialisation en mathématiques et de combien j'ai aimé cette matière à l'école, mais pas une seule fois dans le monde réel.

Je lui dis la vérité sur tout sauf sur ce qui s'est passé au cours de la dernière année de ma vie.

Je ne la connais pas bien et je ne suis pas encore suffisamment en confiance pour tout lui déballer à propos de Nicholas et Owen. Je crains que les histoires la fasse fuir.

Au lieu de cela, je lui dis simplement les bases.

Je lui parle d'Owen et de son passé. Je lui dis que je sortais avec un certain Nicholas mais nous avons rompu. Je lui dis que le détective privé de mon ex-petit ami a trouvé ses informations et que je voulais venir ici et prendre une petite pause de travail pour la retrouver.

Quand elle me demande combien de temps je reste, je dis au moins quelques semaines de plus.

Le mot « ex-petit ami » fait toujours mal quand je le dis à voix haute.

On dirait qu'il a à peine été mon petit ami et qu'il est déjà un ex que je suis censée surmonter. Quand je partage cela avec Josephine, elle dit qu'il est important de prendre un peu de temps pour se concentrer sur moi-même, sinon mon bagage de mon ancienne relation se répercutera sur mon nouveau.

Une nouvelle relation ? Wow, quelle idée nouvelle.

Bien sûr, c'est possible et probable, mais même tenter de m'imaginer avec quelqu'un qui n'est pas Nicholas me fait me sentir bizarre.

Le jour suivant, j'appelle Sydney par FaceTime et je lui raconte tout.

Lorsque je prends une brève pause, elle me demande pourquoi elle a annulé notre premier rendez-vous.

— Apparemment, elle devait travailler, dis-je. Elle a un délai serré pour écrire son nouveau roman et elle ne voulait pas se retrouver pour déjeuner au milieu de ses journées d'écriture. Elle a dit avoir parcouru ce livre à la hâte afin de le faire le plus rapidement possible et de me retrouver.

— Je suis vraiment heureuse pour toi, dit Sydney en se détournant de la caméra. Je lui donne une seconde mais rapproche ensuite mon visage.

Qu'est-ce qui se passe ici ? Est-elle... en colère ?

— Syd, est-ce que ça va ? je demande.

— Oui, je vais bien, chuchote-t-elle et sa voix se casse au milieu.

— Qu'est-ce qui ne va pas ?

— Rien, dit-elle en secouant la tête. Je suis tellement stupide. Je ne peux pas arrêter ça.

Quand elle me regarde, je vois des larmes couler sur son visage.

— Oh mon Dieu, que se passe-t-il ? j'exige de savoir.

— James et moi avons rompu, dit-elle rapidement, en hoquetant Je suis vraiment désolée. Je ne voulais pas en parler. Tu es de si bonne humeur avec tout ce qui s'est passé...

— Oublie tout ça. Dis-moi ce qui se passe, insisté-je, me sentant comme la plus égocentrique des idiotes.

Comment pourrais-je poursuivre comme ça ?

Comment pourrais-je ne pas remarquer que quelque chose n'allait pas ?

Elle vit ici quelque chose de traumatisant et je ne fais que raconter à quel point ma vie est merveilleuse. Je veux pouvoir revenir en arrière et reprendre notre conversation.

Sydney ne répond pas et continue de me pousser à continuer de parler. Mais je refuse.

— S'il te plaît, tu dois me le dire. Tout va bien de mon côté. J'ai déjà assez parlé.

— D'accord, dit-elle en prenant une profonde respiration.

Et puis elle en prend une autre.

Et une autre.

— Je l'ai surpris en train de me tromper, dit-elle en secouant la tête.

Je plisse les yeux.

— Je sais, je sais, c'est tellement stupide. Je veux dire, il ne peut pas me tromper, non ? Nous sommes ensemble avec d'autres personnes, alors de quoi je me plains ?

— Ce n'est pas ce que je pense, dis-je fermement.  Et tu le sais.

Elle hausse les épaules.  C'est ce que je pense. C'est ce qu'il pense.

J'attends qu'elle m'explique. Cela prend un peu plus de courage, mais finalement elle le fait.

— Je suis rentrée tôt du travail un jour et je l'ai trouvé au lit avec son ex-petite amie.

— Mais ne vit-elle pas à... Hawaii ?

— Elle habite en Californie. Il a déménagé à Hawaii

après leur rupture. Lorsque j'ai regardé son téléphone plus tard, j'ai découvert qu'ils avaient commencé à se parler bien avant notre rencontre. Ils étaient amicaux au début, mais c'est vite tourné au sexuel. Elle avait un fiancé. Il a continué à vouloir qu'elle rompe avec lui. Mais elle ne l'a pas fait. Elle l'a épousé. Mais ils ont continué à envoyer des textos et à se parler et à s'envoyer des vidéos et des photos nues.

— Je suis tellement, tellement désolée, murmuré-je, souhaitant plus que tout être là avec elle afin que je puisse la prendre dans mes bras.

— C'est tellement stupide. Je suis tellement stupide. Cela dure depuis tout ce temps et je ne l'ai pas vu.

— Il était probablement très bon pour le cacher.

— Il l'était, admet-elle. Toutes ses conversations et vidéos étaient dans un dossier spécial. Il ne me l'a montré qu'après des heures de dispute et que je lui ai dit que je partais.

— Alors, elle a pris l'avion pour être avec lui ? demandé-je, essayant de comprendre les détails de l'histoire.

Sydney hoche la tête et l'enterre à nouveau dans ses mains.

Pendant un moment, tout ce que je vois est un très gros plan de son front. Ses sanglots résonnent dans tout le salon.

— Elle était à New York pour affaires alors elle est venue lui rendre visite dans notre appartement. Notre lit. Quand je lui ai enfin permis d'admettre la vérité, il a dit qu'elle était là toute la semaine. Restant avec lui pendant les jours où j'étais au travail.

— Quel connard, dis-je.

— Tu peux le dire.

— Alors, qu'est-ce qu'il s'est passé ?

— Qu'est-ce que tu crois ? J'ai crié. Elle a mis ses vêtements et est partie. Nous avons encore crié. Puis on a parlé. Puis j'ai pleuré. Puis je lui ai dit que je ne voulais plus jamais le revoir.

Je suppose que c'est à peu près tout. C'est à peu près l'anatomie d'une rupture.

Elle laisse échapper un grand soupir et plonge sa tête dans ses mains.

— Veux-tu rester avec moi ici pendant un moment ?
demande Sydney.

— Oui, on peut parler aussi longtemps que tu veux.

— Non, je ne veux pas parler. Faisons quelque chose
d'autre. Pourquoi ne pas regarder Netflix ?

— Bien sûr. À quoi penses-tu ?

— Quelque chose de sombre et douloureux. Quelque
chose que nous avons vu auparavant.

Je sais ce qu'elle va suggérer avant même qu'elle ne le
dise. Je le mets sur mon téléviseur et elle le lance sur le
sien. Lorsque le générique d'ouverture commence et se
synchronise, nous commençons toutes les deux à rire
un peu.

— Il n'y a rien de tel que de regarder quelqu'un d'autre
vivre l'enfer quand les choses se gâtent, hein ?
demandé-je.

Elle hoche la tête et nous commençons à regarder le
premier épisode.

## 18

## OLIVE

QUAND JE LE REVOIS...

Je n'ai pas vu Owen depuis presque dix jours. J'ai loué l'Airbnb pour une semaine à l'origine, mais je l'ai ensuite étendu à deux autres.

Je n'ai toujours pas décidé quoi faire de lui.

Essentiellement, je n'ai pas du tout envie de parler avec lui, alors j'ignore ses appels.

Aujourd'hui n'est pas différent.

Je ne veux pas le voir et je ne veux rien dire de ce qui s'est passé cette nuit-là.

Je ne sais pas jusqu'où il serait allé si je ne l'avais pas physiquement arrêté, mais non n'était pas une option.

Je secoue la tête alors que la colère commence à monter en moi en repensant à cette nuit.

Comment a-t-il osé ? Qui pense-t-il être ? De quel droit pensait-il pouvoir faire quelque chose comme ça ?

Je m'arrête un peu dans la rue et marche.

La porte d'entrée est probablement verrouillée et je n'ai aucune intention de l'utiliser de toute façon, alors je saute la par-dessus la barrière située à l'arrière.

Il n'y a pas de fenêtre dans le garage, je n'ai donc aucun moyen de savoir si sa voiture est là ou pas.

J'ai jeté un coup d'œil par les fenêtres du salon en passant, mais je n'ai vu personne.

Sa chambre fait face à la cour du voisin, il n'y a donc aucun moyen réel de savoir s'il est chez lui ou non.

Au lieu d'être trempée de sueur et le cœur battant, je me sens calme et recueillie.

Mes mains ne tremblent même pas.

Quand j'atteins la porte coulissante de mon ancienne chambre, je pousse un soupir de soulagement.

Oui ! La porte est ouverte.

Je l'ai laissé comme ça, mais il y avait une grande possibilité qu'il l'ait verrouillée par la suite.

Elle s'ouvre en glissant doucement et je marche sur le tapis.

J'avais essayé d'emporter tout ce qui m'était important quand je suis partie, mais j'avais oublié ça.

C'est un petit collier en argent d'un arbre de vie que Nicholas m'a donné. Je le cherchai partout et me souvins que je l'avais placée dans le meuble de la salle de bain principale. Il n'était pas avec le reste de mes bijoux et je ne pouvais pas le laisser rester ici plus longtemps.

Je ne connaissais pas les plans d'Owen, mais j'avais besoin de le récupérer. Cela ne vaut pas grand-chose, mais Nicholas l'a acheté pour moi simplement parce que je le trouvais magnifique.

Je marche sur la pointe des pieds et ouvre le miroir en retenant mon souffle.

Je le trouve exactement où je l'ai laissé et je le laisse tomber dans ma poche.

— Que fais-tu ici ? Sa voix me surprend.

Je me retourne le dos au robinet.

— J'ai oublié quelque chose, dis-je en me tenant debout et en essayant d'avoir l'air aussi grande que possible.

La pièce est spacieuse pour une salle de bain, mais on s'y sent petit.

Plus les secondes s'écoulent, plus les murs ont l'impression de se refermer autour de moi.

— Où étais-tu ? demande Owen.

Sa voix est grave mais pas de bredouillement.

Il a l'air fatigué et épuisé, comme s'il n'avait pas dormi depuis des jours.

Sa peau est blême, grise même. Il y a de grandes poches sous ses yeux.

— J'ai loué un autre endroit, dis-je. J'avais besoin d'espace.

— Est-ce que tu vas revenir un jour ?

— Non, dis-je. Je suis tentée d'ajouter : je ne pense pas, mais je m'abstiens de le faire.

Je ne veux pas lui donner plus d'espoir que nécessaire.

Je ne reviens pas ici et je ne vais pas vivre avec lui.

— Tu t'es remise avec Nicholas ? demande-t-il.

Je fronce les sourcils. D'où pense-t-il ça ?

— Non bien sûr que non. Nicolas est parti. Je ne sais pas où il est.

— Oui, c'est ça, dit-il dans un souffle.

Je me fiche qu'il ne me croie pas. Je suis fatiguée d'avoir à me quereller encore et encore.

— Alors, qu'as-tu fait là-bas, chez toi ? demande Owen, s'appuyant contre le chambranle de la porte, créant physiquement une barrière entre moi et la sortie.

— Je ne sais pas. Randonnée, natation, lecture. Qu'as-tu fait ? J'oublie exprès le sujet de ma mère.

— J'ai picolé, dit-il en riant.

— Tu es sûr que c'est une si bonne idée ?

— Non bien sûr que non. Mais qui dit que vivre est une si bonne idée ?

Je secoue la tête.

Je ne sais pas ce que je peux faire d'autre pour lui.

J'essaie de le dépasser mais il m'arrête.

Il tend son bras en bloquant la porte.

— Je pars, dis-je en le dépassant.

— Je suis désolé, d'accord ! crie-t-il après moi. Je suis désolé de l'avoir fait, mais je t'aime.

Je ne me retourne pas.

Il veut que je m'engage et c'est la dernière chose que je veux.

Je me dirige dans le long couloir et tourne à gauche où il se sépare. La cuisine est à droite et la porte d'entrée est à gauche.

— Je t'aime ! me crie Owen. Pourquoi tu ne me crois pas ?

— Je te crois mais je ne t'aime pas en retour, dis-je en attrapant la poignée de la porte.

Dès que je la tourne, Owen bondit et la ferme.

Nous sommes face à face.

Nous sommes si proches que je peux sentir son souffle sur moi.

— Tu ne veux simplement pas te lancer parce que tu vas revoir Nicholas, hein ? demande-t-il.

Ses yeux sont sauvages et incontrôlables.

— Je ne sais pas pourquoi tu es obsédé par lui. On est plus ensemble.

— Il te manque dit Owen sur un ton accusateur.

— Bien sûr, il me manque. Je pensais que nous serions ensemble pour toujours. Et alors ? C'est la vie, non ?

Je m'éloigne de lui dans le salon en espérant qu'il me suivra là-bas.

De cette façon, une fois qu'il est distrait, je peux me glisser hors de la porte d'entrée.

— Nicholas est un meurtrier, dit Owen, faisant le tour du salon.

Soudain, je me rends compte qu'il n'est pas seulement saoul. Il est aussi sous l'influence d'autre chose.

Quelque chose pas du tout doux comme de la marijuana, quelque chose de puissant.

Je suis tentée de demander mais je ne veux pas le rendre encore plus agité.

C'est pourquoi je suis partie. Je ne vais pas faire les cent pas chez moi par peur de fâcher quelqu'un de ma présence.

— J'en ai assez de parler de lui, dis-je en croisant les bras sur ma poitrine. Nous ne sommes plus ensemble, que veux-tu de plus ?

— Je veux que tu croies qu'il a tué ma petite amie et son partenaire. Le FBI le cherche. De quelle autre preuve as-tu besoin ?

— Je vais croire ce que j'ai envie de croire, Owen. Tu ne vas pas me dire quoi penser.

Une partie de moi est fière de moi pour avoir tenu mon terrain, mais une autre partie est terrifiée.

Il m'a déjà attaqué une fois.

Il a essayé de me garder cloîtré dans la salle de bain.

Qu'est-ce qui l'empêche de le faire à nouveau ? Un faux mouvement de ma part et il le fera.

Il baisse les yeux au sol et accroche ses épaules.

Il abandonne. Je vois cela comme ma chance.

— Je vais y aller maintenant, Owen, dis-je et avance lentement vers la porte.

Je me demandais si je devais simplement m'échapper ou s'il valait mieux l'avertir que je partais et j'ai choisi ce dernier.

Lorsque j'ouvre la porte, je me retourne une fois et constate qu'Owen est assis dans la grande chaise en face du canapé.

Je laisse échapper un petit soupir de soulagement.

Puis il commence à rire. Je suis sur le point de fermer la porte mais la curiosité m'arrête dans mon élan.

— Qu'est-ce qui est si drôle ? demandé-je.

Il continue de rire, levant l'index en l'air pour me montrer qu'il a besoin d'une minute.

— Tu veux connaître la vérité ?

— Bien sûr, dis-je lentement.

— Tu veux savoir la vraie raison pour laquelle Nicholas va enfin avoir ce qu'il mérite ?

Des frissons me parcourent le dos. Mes mains se transforment en glace. J'attends qu'il continue.

— Je l'ai vendu, dit Owen en riant. Je l'ai fait. C'est pourquoi ils sont après lui.

Je secoue un peu la tête d'un côté à l'autre, ne voulant pas croire les mots qui sortent de sa bouche.

— Comment... pourquoi ? Je souffle.

— J'ai appelé le bureau principal et je leur ai dit ce qu'il avait fait pour Art Hedison.

— Tu veux dire ce que *nous* avons fait, je le corrige.

— Oui, sauf que j'ai menti à ce sujet. J'ai gardé nos noms en dehors de ça. J'avais juste assez d'informations pour impliquer les affaires internes et ils ont ouvert un dossier sur Art. Pour protéger ses propres fesses, Art s'est retourné contre lui, bien sûr.

— Alors... toute cette chasse à l'homme contre lui, c'est à cause de toi ?

Il acquiesce et rit.

— Mais pourquoi ? Il t'a tellement aidé.

— Il m'espionnait, Olive. Pour le putain de FBI ! Ou as-tu oublié cela ?

— Bien sûr que non, mais nous avons fait ce travail

ensemble. Il t'a beaucoup aidé. Il nous a donné tout cet argent.

— Oh, s'il te plaît, dit Owen en agitant la main. Je me fiche de ça. Ce mec a tué ma copine et il m'a presque vendu. Je suis content d'avoir fait ce que j'ai fait.

Je me dirige vers lui.

Mon esprit se vide.

Ma bouche s'assèche.

Ma main forme un poing et je lui donne un coup de poing dans le nez.

Quand il crie et qu'il serre ses mains autour de sa tête, je frappe à nouveau.

Aussi fort que je peux.

Ma main commence à palpiter, envoyant de petites ondes de choc dans le bras, mais cela me rend encore plus en colère.

Il m'a trahie comme Nicholas m'a trahie, mais il l'a fait par dépit.

Sa trahison était pire.

— Sors de ma putain de vie ! dis-je en sortant.

## 19

## OLIVE

EN RENTRANT CHEZ MOI, ma main est
incroyablement chaude. Mes doigts deviennent des
saucisses et on dirait qu'ils sont sur le point d'exploser.

J'allume le climatiseur et les positionne devant
l'aération.

Au feu de signalisation, j'observe de plus près et me
rend compte qu'ils ne sont pas aussi gros que qu'ils on
en l'air. Mais ils ont incontestablement besoin de glace.

Quelques minutes plus tard, je m'arrête dans l'allée,
mais quelque chose m'empêche de pénétrer dans le
garage.

La porte s'ouvre et j'attends.

Ensuite, j'appuie sur le bouton du pare-soleil et le retire.

Non, ce soir je sors.

J'ai besoin d'un verre et je ne vais pas boire seule.

Ce dont j'ai besoin encore plus que d'un verre, c'est quelqu'un à qui parler et un peu de distraction.

Je ne connais aucun bar dans le coin, mais j'ai vraiment aimé le restaurant où j'ai rencontré Josephine, alors je conduis jusque-là.

Il y a un grand parking à l'arrière avec peu de places disponibles.

Nous sommes au début de l'automne et les oiseaux de neige commencent tout juste à revenir dans le désert.

Je m'installe au bord du bar pour pouvoir voir le magnifique jardin vertical juste en face de moi et demander au barman de la glace dans un sac.

— J'ai eu un petit accident. Je mens.

Il me fait un signe de tête qui dit qu'il ne me croit pas vraiment alors je ne me donne pas la peine d'élaborer.

Je commande le même cocktail de tequila au

concombre que j'avais pris avant et me retrouve hypnotisée tandis qu'il le prépare pour moi.

Le barman est dans la trentaine avec de courts cheveux blond sale et des pattes. Il a des manches tatouées aux deux bras.

Nous parlons avec désinvolture alors que le bar se remplit et se vide à nouveau.

Il est originaire d'Orange County et a déménagé ici pour pouvoir acheter une maison.

Les prix des logements sont élevés partout en Californie, mais ils sont un peu plus raisonnables dans la vallée de Coachella.

— J'ai vécu à Los Angeles pendant de nombreuses années, mais ce que j'aime dans cette région de Palm Springs, c'est qu'elle réunit les meilleures caractéristiques de LA sans aucune des choses ennuyantes. Grands restaurants et bars. Des gens sympas, faciles à vivre. Un loyer moins cher et pas de circulation.

— Ouais, j'ai entendu dire que le trafic à Los Angeles pouvait être brutal, dis-je, terminant mon verre et en demandant un autre.

— Tu as de la chance d'avoir été épargnée jusqu'à présent, dit-il en coupant mon concombre et en le plaçant soigneusement dans un nouveau verre.

Tandis qu'il sert aux autres clients leurs boissons, je le regarde de temps en temps.

J'aime la façon dont il interagit avec eux. Il est amical et confiant.

J'aime la façon dont ses cheveux tombent un peu sur son visage.

J'aime la façon dont il est à l'aise pour parler et le fait que ça soit c'est naturel pour lui.

Il y a très peu de choses chez lui qui devraient me rappeler Nicholas.

Il n'a pas la même intensité ni la même obscurité.

Pourtant, quand je le regarde, tout ce que je vois, c'est Nicholas.

Il se fait tard. Les clients commencent à partir et il est temps pour moi d'y aller aussi.

Mais je ne peux pas me déplacer.

Je prends les dernières gorgées de mon verre, qui est

maintenant uniquement rempli de glace fondue, et regarde au fond du verre.

— Je pense que je suis prête à y aller, dis-je avec une grande tristesse.

J'attends qu'il me donne ma facture.

— Hé, je ne ferme pas le bar ce soir, dit-il.

Je le regarde comme si cela était censé vouloir dire quelque chose.

— Je termine dans quelques minutes, explique-t-il. Tu veux faire quelque chose ?

Je lève les sourcils de surprise.

Je ne savais pas qu'il était particulièrement intéressé, vu qu'il semblait accorder la même attention à tous ses clients.

Je baisse les yeux sur mon téléphone. Il est environ minuit.

Ceci ne m'est pas arrivé depuis très longtemps.

— Je ne sais pas, je marmonne. Il se fait tard.

— Bien sûr. Il hausse les épaules.

Il n'insiste pas.

Il me donne juste la facture à signer et s'en va.

Un pincement de regret me traverse.

Pourquoi ai-je dit ça ? Je l'aime bien. Beaucoup.
J'aimerais passer plus de temps avec lui.

— Qu'est-ce que tu avais en tête ? demandé-je en me
penchant au-dessus du bar.

Ses yeux s'illuminent.

— Il y a un café dans la rue qui reste ouvert tard.

Cela semble parfait.

Je vais aux toilettes et réapplique du rouge à lèvres.

Quelques minutes plus tard, il me retrouve à la porte
d'entrée.

La nuit est chaude mais pas douce. Je n'ai pas passé
beaucoup de temps la nuit ici, mais j'apprécie la façon
dont le bord semble être à l'abri du soleil brûlant du jour.

En allant au café, il me prend la main. Je suis prise de
court au début, mais je laisse ensuite nos doigts
s'entrelacer.

Nous ralentissons notre pas et quelque chose attire mon attention dans la devanture d'un magasin d'antiquités.

C'est une statue de mouton en bronze recouverte de fourrure de mouton.

Le seul bronze visible est sur le visage et les pieds et je reste là à le regarder pendant longtemps.

— C'est vraiment cool, me chuchote-t-il à l'oreille, brisant le sortilège.

Je lève les yeux vers lui et hoche la tête.

Inclinant la tête en avant, il pose sa bouche sur la mienne et je le tire plus près.

Nous restons ici à nous embrasser longuement.

Nous oublions le café et allons plutôt chez lui. Je le suis dans ma voiture. En chemin, j'essaie de m'en dissuader mais ça ne marche pas.

Je le veux. Il me veut.

Je ne peux pas avoir Nicholas.

Nous nous embrassons à nouveau avant de franchir le

seuil de la porte. Ses mains sont dans mon dos et les miennes dans ses cheveux.

Ses lèvres sont douces mais fortes.

Je réalise qu'il ne connaît pas mon nom et que je ne connais pas le sien.

J'envisage de m'éloigner et de demander, mais nous sommes déjà dans la chambre et je m'en fiche.

Avec les lumières éteintes, complètement plongée dans l'obscurité, il est plus facile de prétendre que c'est Nicholas.

Ses baisers deviennent urgents.

Nos vêtements semblent se retirer de leur propre volonté.

Lorsque nous sommes nus, son corps me réchauffe et le mien le refroidit.

Il m'embrasse partout et je fais la même chose.

Il n'est pas pressé de le faire et je fais de même.

Je n'ai pas été touchée comme ça depuis très longtemps et je veux que ça dure le plus longtemps possible.

Nous changeons de position une fois, puis encore et encore.

J'ai l'impression que nous dansons.

Nos bouches sont à l'aise l'une avec l'autre maintenant.

Je commence à me détendre. J'étais détendue avant mais pas de cette façon.

— Est-ce que ça va ? me murmure-t-il dans l'oreille. J'acquiesce.

— Plus que bien. Continue comme ça.

Il s'exécute. Nos corps ne font plus qu'un et soudain je perds tout contrôle.

## 20

## NICHOLAS

QUAND IL FAUT PRENDRE DES DÉCISIONS…

QUELQUES HEURES de sommeil agitées plus tard, je me réveille avec Mallory toujours dans mon lit.

Elle est pelotonnée en position fœtale avec ses cheveux étalés tout autour de son oreiller.

Elle est belle et douce mais je ne veux plus la connaître davantage. Ce n'est pas simplement parce que je cours pour ma vie. C'est parce qu'elle n'est pas Olive.

Je me connecte à nouveau à mon compte, espérant malgré tout que ce que j'ai vu auparavant était une sorte d'erreur. Ou peut-être que ce n'était qu'un rêve.

Cependant, mes espoirs sont faibles.

Je n'avais pas assez d'argent pour payer mon dîner,

alors comment vais-je avoir assez d'argent pour payer un billet à l'étranger ?

Thaïlande.

C'était le plan de départ.

Il y a beaucoup d'expatriés là-bas, mais pas autant de programmes de télévision américains pour les divertir.

Le pays est vaste et peuplé et il est facile de s'y perdre.

Les autorités fédérales ont gelé le compte de ma fausse identité.

Art Hedison ne connaissait aucun détail, mais il savait que j'avais une source pour me préparer les documents. D'une manière ou d'une autre, ils ont dus l'attraper. Cela signifie que toutes les identités qu'il a créées pour moi sont compromises.

Merde, merde, merde, me dis-je. J'ai bien plus de problèmes que je ne le pensais.

Mallory émet un petit ronflement et se retourne. Je m'immobilise un instant, ne voulant pas la réveiller pendant que j'essaie de touver quoi faire.

Cet argent était tout ce que j'avais.

J'ai vendu les diamants et la montre et j'ai mis tout l'argent dans ce que je pensais être un compte secret et sécurisé.

J'y ai également mis le reste de mon argent . Je ne voulais pas me balader avec autant d'argent sur moi et le compte était censé être entièrement sécurisé.

J'ai déjà dépensé tout l'argent que j'en ai retiré et maintenant je ne peux plus en sortir.

Si le compte venait à être débloqué à nouveau, l'argent est toujours intouchable.

Les fédéraux le savent et cela signifie qu'ils pourront le suivre.

Je m'assieds dans le fauteuil et me demande si c'était vraiment une pause chanceuse. S'ils ne l'avaient pas gelé, j'y aurais toujours accès et je l'utiliserais.

S'ils ne l'avaient pas gelé, ils pourraient le retracer à moi.

C'est peut-être une chance, mais que diable dois-je à faire maintenant ?

Avec tous mes comptes compromis, je n'ai pas un centime à mon nom. Je ne pourrai pas aller loin sans argent et je ne sais pas combien je peux emprunter à Mallory.

Nous venons de nous rencontrer et elle m'a déjà fait plus de faveurs qu'elle n'aurait vraiment dû.

Je veux faire le tour de la pièce pour me vider la tête, mais je ne veux pas la réveiller.

Au lieu de cela, je me faufile dehors avec la clé de la chambre et mon téléphone. Il est tôt, mais les rues de Mérida sont déjà très animées. Les gens se bousculent pour travailler. Les cafés sont remplis d'habitants et d'expatriés parlant dix langues différentes. Les chiens et leurs propriétaires sont sur leurs constitutionnels du matin.

Il y a une grande place ouverte avec un parc verdoyant au milieu et une imposante église catholique peinte de pastels brillants sur un côté.

Je parcours le parc en boucle, observant la façon dont les pigeons se rassemblent et se déplacent à la fois comme des individus et comme une grande masse. Je n'ai pas de graines pour les lancer mais j'aimerais le faire.

Je m'assieds sur un banc de parc en bois et me penche

en arrière. Ce n'est pas très confortable, ce qui est probablement pour le mieux. J'ai acheté une tasse de café cubain dans le magasin du coin et je prends une gorgée. Il est fort et doux, un peu comme si un expresso et un beignet ne faisait plus qu'un.

J'attrape mon téléphone dans ma poche et réalise que j'en ai deux. Dans ma hâte de sortir, j'ai attrapé celui de Mallory par accident. Je regarde mon téléphone pendant quelques minutes pour me demander si je devrais passer cet appel avec celui-là.

Mon cerveau rationalise, bien sûr, ils n'ont pas ce numéro intraçable, comment le pourraient-ils ?

Mais mon instinct l'enraye.

Je n'ai aucune preuve qu'ils traquent mon numéro, mais je n'avais également aucune preuve qu'ils avaient accès à mon compte bancaire secret. La seule façon de rester en sécurité est d'abandonner ce téléphone et d'en utiliser un autre.

Je saisis le téléphone de Mallory avec un couvercle jaune vif et compose un des numéros que je connais par cœur.

Mémoriser des numéros de téléphone est un art en

voie de disparition, mais je le pratique encore au
cas où.

Une voix familière répond.

Il me reconnaît immédiatement et nous bavardons un
peu. On dirait qu'il n'est pas encore couché, ce qui n'a
rien de surprenant. Il vit à Vegas et vit le style de vie
de Vegas au maximum.

— Écoute, la raison pour laquelle j'appelle, c'est que
j'ai besoin d'un boulot, je coupe la conversation.

— Quel genre de boulot ?

— N'importe quoi. J'ai besoin d'argent.

— Tu es partout dans les nouvelles, mec, dit Big
Dipper. Tout le monde te cherche. Tu es une proie
chaude.

— C'est pourquoi je t'appelle. Tu me dois bien ça.

Il y a un silence à l'autre bout. Je retiens mon souffle en
attendant sa réponse.

Il fut un temps où les flics étaient après lui, m'ont
interrogé et je les ai mis sur une fausse piste.

— Je n'ai pas de boulot pour le moment, dit Big Dipper

après un moment. Le ton de sa voix me met mal à l'aise.

Et si son téléphone était mis sur écoute, lui aussi ?

— Tu es sûr ?

Il est ma seule chance. S'il ne m'aide pas, je suis à court d'options.

— Rappelle-moi dans un instant. Je vais demander autour de moi, dit-il en raccrochant.

Pas tout à fait sûr de ce qu'un instant signifie, mais je dois lui donner au moins quelques heures. Je retourne en haut.

Quand j'ouvre la porte, Mallory saute du lit.

— Est-ce que ça va ? demandé-je. Elle se précipite vers la télécommande du téléviseur et avant qu'elle ne puisse l'éteindre, je vois mon visage dessus.

Merde !

— Hé, écoute, je dois retourner au travail, marmonne-t-elle.  Je veux dire, je dois rentrer à la maison.

— Oui, bien sûr, dis-je, prétendant que je n'avais pas vu ce que j'avais vu.

Si elle essaie d'agir discrètement, cela ne fonctionne pas. Mais je ne ferai rien pour l'arrêter. Je ne veux pas de confrontation et je ne vais certainement pas la blesser (même si elle semble penser que je le ferai).

— Merci pour la nuit dernière, dis-je.

— Oh, oui, bien sûr, dit-elle frénétiquement. Ce n'était pas grand-chose.

J'attends qu'elle soit complètement habillée avant de lui demander.

— Penses-tu que je peux t'emprunter de l'argent ?

— De l'argent ? Tout le sang s'écoule de son visage.

Je veux lui dire de cesser de s'inquiéter et que je ne vais pas la blesser, mais cela ne fera qu'aggraver les choses.

Elle regarde à travers son sac à main et en sort quelques billets de vingt. Dollars pas pesos.

— Tiens, tu peux prendre ça. Elle les met avec un peu trop de force dans ma main et se dirige vers la porte.

— Je te le rendrai ! crié-je après elle.

— Pas besoin, dit-elle rapidement.

Une fois que la porte se ferme derrière elle, je ne peux pas m'empêcher de penser que je l'ai soumise à un peu de contrainte.

Je compte l'argent : quatre-vingt dollars. Une vague de soulagement me submerge. J'ai eu des millions mais je ne me suis jamais senti aussi riche.

Cela me prend quelques minutes pour faire mes bagages et partir.

Je ne sais pas combien de temps il faudra à Mallory pour appeler la police, ou si elle le fera du tout, mais je n'envisage pas de leur faciliter la tâche en me trouvant ici.

Je me promène quelques heures dans les rues de Mérida en attendant que Big Dipper me rappelle.

Je me prends quelques tacos végétariens et quelques boules de glace dans un petit café tenu par un immigré grec. J'essaie de trouver un plan dans l'éventualité où Big Dipper ne puisse rien pour moi.

Une option consiste à voler quelque chose pour obtenir plus d'argent, mais alors quoi ?

Je n'ai aucun contact ici au sud de la frontière et ma

tête est mise à prix pour des centaines de milliers de dollars.

Je doute que je puisse trouver une personne qui ne me remettra pas aux autorités en échange de tout cet argent.

Je l'appelle après trois heures de l'après-midi, utilisant à nouveau le téléphone de Mallory, que j'ai oublié de lui rendre.

— J'ai quelque chose, dit Big Dipper. Mais tu ne vas pas aimer ça.

## 21

## NICHOLAS

### QUAND J'AI LE CHOIX...

Je le sais déjà.

Bien sûr, ce ne sera ni amusant, ni glamour, ni sûr. Ce n'est pas le genre de travail pour lequel Big Dipper est connu.

Pourtant, le fait qu'il l'introduise avec ce genre de préface me fait serrer les poings.

Mon cœur bat la chamade et j'attends qu'il explique

— J'ai besoin d'un gars propre sur lui-même pour conduire des drogues à la frontière mexicaine. Un gringo avec une femme blanche que les agents des frontières n'arrêteront pas car ils n'ont rien à cacher.

Merde.

— Tu es là? demande Big Dipper.

— Oui, dis-je après un moment.

— Ce n'est pas la meilleure option pour toi, comme tu le sais déjà, mais c'est tout ce que j'ai. À prendre ou à laisser.

— Où ? Avec qui ? demandé-je.

Une centaine de questions supplémentaires me viennent à l'esprit, mais je me contente de deux.

— Je ne peux pas te donner de détails tant que tu n'y es pas engagé. Pourquoi ne pas y penser un instant et me le faire savoir ?

Je veux le faire. Je veux gagner du temps et essayer de trouver autre chose, mais j'ai besoin de papiers. J'ai besoin d'une identification. Mon ancienne source est compromise, alors c'est Big Dipper maintenant.

— Combien ? je demande.

Il y a une pause à l'autre bout.

— Combien de drogue ou combien d'argent ?

— Les deux.

— Cent kilos de cocaïne. Je peux te payer cinquante mille pour cela.

Je fais des calculs rapides dans ma tête.

— La valeur marchande de cela est d'environ 1,3 millions de dollars. Faire passer la frontière à cinquante mille est une bonne affaire pour toi.

— Pour certains, ça suffit pour commencer une nouvelle vie.

— J'ai besoin d'au moins deux cents cinquante mille, je négocie. Et une toute nouvelle identité. Propre. Établie. Pas une personne morte.

Une façon d'obtenir de nouveaux numéros de sécurité sociale consiste à consulter la liste des personnes décédées et à n'utiliser que leurs noms, en espérant que les sociétés émettrices de cartes de crédit ne l'auront pas remarqué.

Cela fonctionne à court terme, mais ce n'est pas ce dont j'ai besoin.

J'ai besoin d'un nouveau numéro de sécurité sociale datant d'au moins trente ans et qui n'a aucun dossier ou ni complication.

Ensuite, j'ai besoin d'une nouvelle identité pour le compléter.

J'ai besoin du Louis Vuitton ou du Bentley du secteur de l'identité. Et tout comme les sacs et les voitures haut de gamme, ce dernier a un prix élevé.

— Le mieux que je puisse faire, c'est cent soixante-quinze et la carte d'identité. À prendre ou à laisser.

Je tape du pied sur le sol.

La frontière mexicaine est l'un des endroits les plus surveillés et les plus sécurisés des États-Unis. Et essayer de la passer avec cent kilos de cocaïne est à peu près aussi stupide que tout ce à quoi je peux penser. Le seul problème est que je n'ai pas d'autre choix.

---

JE ME DIRIGE DROIT dans un salon de coiffure de l'autre côté de la ville. Je l'ai trouvé sur Yelp avec de bonnes critiques. Les propriétaires sont japonais et ils embauchent principalement des Européens pour y travailler avec les expatriés de la région.

Je demande un nouveau look en espagnol et montre au coiffeur les images de célébrités avec le style que je veux.

Il me demande à quelques reprises si je suis sûr que c'est ce que je souhaite avant de commencer.

Mes cheveux sont courts mais pas autant qu'à l'armée.

Ils sont épais et sombre, et ce que je montre est tout à fait opposé, blond sale allant de paires avec mon bronzage tout récent.

La coloration avec les extensions prend quelques heures. En Amérique, je n'aurais pas les moyens de me le payer, mais là il me restera beaucoup d'argent, même en laissant un pourboire. En attendant, je cherche sur mon téléphone un endroit où je peux me procurer des lentilles de contact dans la ville.

Je pensais que je devrais aller chez un opticien, mais ils les vendent directement dans des magasins de produits de beauté.

Je ne me suis pas rasé depuis quelques jours et j'ai l'intention de garder ce look. Quand je me regarde dans un miroir de pharmacie, je ressemble à une personne complètement différente.

Un peu plus vieux et un peu baveux, ce qui cadre assez bien avec le rôle que je vais jouer : un expatrié vivant au Mexique.

Pourtant, quelque chose ne va pas.

Les cheveux qui passent autour de mon cou et de mon visage me donnent l'air négligé presque d'un drogué, ce qui est la dernière chose que je veux.

Je me dirige chez un barbier et leur montre des images de poils du visage fraîchement coupés avec une jolie moustache et une barbe bien soignée.

Ils m'expliquent les détails du look en espagnol, ce que je ne comprends pas presque pas.

À la fin, ils m'installent dans le fauteuil et me rase. Lorsqu'ils me remettent un miroir, je vois une personne complètement différente, haut de gamme, bien dans sa peau et détendue, le look parfait pour mon personnage gringo.

Quelques chemises et shorts cargos hawaïens suffisent pour compléter le look. J'envoie à Big Dipper un selfie de mon nouveau visage afin qu'il puisse demander à son gars de me faire un passeport.

Je suis heureux qu'il me reste environ un jour avant

que je traverse la frontière, car cela me donnera un peu de temps pour me remplir la barbe.

Big Dipper m'envoie un emoji riant de façon hystérique avec un signe de pouce levé en réponse.

Quelques heures plus tard, il appelle et me dit qu'il y a eu un changement de plan.

Maintenant, au lieu de traverser vers le Texas, je dois traverser la Californie.

Tijuana est probablement l'un des points frontaliers les plus fortement contrôlés le long de la frontière.

— Ce n'est pas une bonne idée, dis-je.

— L'autre cargaison a échoué, dit-il sans donner la moindre explication.

— Que veux-tu dire ? je demande, même si c'est dans mon intérêt de savoir le moins de choses possibles sur ses relations .

— Confisquée.

Mon cœur bat rapidement.

— Tu veux le faire ça ou pas ?

— Quand est-ce que je rencontre la femme ?

— À Tijuana. Elle aura ton passeport.

Tijuana ? Je le regarde sur mon téléphone. C'est à
4100 km. Jusqu'où est-ce ?

— 4000 kilomètres ? je demande. Comment suis-je
censé y arriver ? Je n'ai pas de voiture et les routes
autour de nous sont merdiques.

— C'est à toi de voir. Mais tu feras mieux d'être là dans
soixante-douze heures sinon... Oh, et prend un
nouveau putain de téléphone. Appelle-moi quand tu
seras là-bas et je te dirai le lieu de rendez-vous.

Big Dipper raccroche et je regarde l'écran abasourdi.

Je n'ai pas l'équivalent de l'argent dont j'aurais besoin
pour acheter une voiture et je doute que je puisse y
arriver à temps. Je n'ai aucune pièce d'identité, je ne
peux donc pas prendre un vol.

Quelle merde !

Je suppose que le bus est le seul moyen, me dis-je en
grinçant des dents.

J'ai déjà pris un bus en provenance de Belize et même
si certains peuvent être très confortables, ce n'est pas la
meilleure façon d'y passer deux jours.

Mais vu le manque de temps, je devrai choisir le prochain disponible, sinon je ne pourrai pas y arriver.

Je regarde les horaires des bus en ligne, mais je n'achète pas mon billet par voie électronique.

Le Mexique est toujours un pays à forte trésorerie et c'est bon pour moi.

Je me débarrasse du téléphone de Mallory, mais sors la carte SIM et la jette dans une poubelle et le reste du téléphone dans une autre, à plus d'un kilomètre de distance.

Je fais la même chose avec le mien.

J'échange mes dollars contre des pesos et j'espère que cela suffira pour un aller simple à Tijuana.

Il n'y a pas d'itinéraire direct et je devrai changer de bus à Mexico.

Honnêtement, je suis un peu surpris de ne pas devoir changer plus que cela.

À la gare, j'achète un téléphone bon marché jetable et intraçable et monte dans le bus.

## 22

## NICHOLAS

QUAND JE FAIS LA ROUTE...

LE BUS EST BEAUCOUP PLUS agréable que ce à quoi je m'attendais. Il dispose de la climatisation, de sièges confortables et d'une télévision.

C'est en espagnol mais ils continuent à montrer des films américains d'il y a quelques années, alors soit je les ai vus ou soit je peux suivre l'intrigue de base.

J'attrape le siège du milieu et reste seul.

Heureusement, les autres font de même.

La seule fois où je regarde une personne dans les yeux, c'est quand nous attendons tous les deux d'utiliser les toilettes en même temps.

Le bus fait des arrêts occasionnels à différentes stations

et je suis le reste des passagers à la recherche de nourriture et d'autres choses que vendent les vendeurs locaux.

Quand j'ai besoin d'un petit déjeuner, j'opte pour le jus fraîchement pressé, la mangue et la mandarine, ce sont mes préférées.

Le trajet est long et ennuyeux et à une station, je repère quelques livres de poche en anglais.

Ils sont très bon marché, alors j'en prends quatre. Ce sont surtout des auteurs dont je n'ai jamais entendu parler, mais cela m'importe peu. Sans smartphone, je n'ai pas accès à mes livres audio, podcasts, films, livres ou musique.

Cela fait trente heures que je n'écoute que mes pensées. C'est suffisant pour moi.

La plupart de mes pensées ne sont que des regrets et des hypothèses.

La majorité concernent Olive.

J'ai besoin de quelque chose pour me divertir.

Finalement, nous arrivons à Tijuana. Une ville frontalière poussiéreuse connue pour ses prostituées et ses drogues. Je suis surpris de voir que Tijuana possède une toute autre partie. Il y a des cafés onéreux, des restaurants et des boutiques chères, ainsi que des quartiers embellis.

La gare routière est un nouveau bâtiment magnifique avec des murs de verre et des peintures murales sur un côté.

C'est un endroit animé, rempli de vendeurs et de toutes sortes de gens qui vont et viennent.

Je m'attendais à un avant-poste poussiéreux perdu au bout du monde, je suis agréablement surpris.

J'appelle Big Dipper dès que je descends du bus et trouve un coin tranquille. Il est heureux d'avoir de mes nouvelles.

— Encore quelques heures et tu aurais perdu le boulot. prévient-il.

— Pourquoi y a-t-il un tel manque de temps ?

— Je suis un sous-traitant. Il y a beaucoup de gens qui se disputent ce travail. Si je ne peux pas livrer, ils passent à un autre groupe. Il n'y a pas de loyauté ou d'attente. Pas pour toi, ni pour personne.

Il n'a pas à dire cela pour me rappeler que nous ne sommes pas amis. Nous nous sommes rencontrés à quelques reprises à Vegas, nous avons eu quelques bons moments, mais nous ne sommes que des associés d'affaires.

— N'oublie pas que je t'ai sauvé la vie une fois. Je lui rappelle la dette qu'il me doit.

Dans ce travail, ta parole est ton lien.

— C'est pour cette raison que je t'ai offert cette opportunité, dit-il. Tu rencontreras Dorothy au Starbucks à l'étage dans une demi-heure. Elle aura le reste des détails.

— À quoi ressemble-t-elle ? Je demande, mais Big Dipper a déjà raccroché.

---

JE TROUVE STARBUCKS, sors une tasse de café et prends un siège près de la fenêtre. Je scrute chaque visage qui entre et sort et les analyse pour voir s'ils me cherchent.

Comme on peut s'y attendre, la plupart des femmes qui boivent du café dans une gare routière sont pressées et fatiguées.

Les gens ne font que traîner et attendre.

Je laisse ma place pendant quelques minutes pour aller aux toilettes et quand je reviens, je la vois.

Est-ce elle ? Non, ça ne peut pas être elle. Elle a la quarantaine, voire la cinquantaine.

— Es-tu Liam ? demande-t-elle.

Pendant une seconde, j'oublie le nom que Big Dipper m'a donné.

— Oui. Dorothy ?

— Oh oui, quel soulagement ! dit-elle en s'effondrant sur la chaise en face de moi.

— Puis-je t'apporter quelque chose à boire ? j'offre.

— Oui bien sûr. Un café au lait. Il ne me reste plus beaucoup d'argent et les quelques dollars épuisent considérablement mes économies, mais je ne veux pas être un abruti. Pas tout de suite.

J'ai besoin de lui parler. Je ne veux pas faire de

plaisanteries, mais je dois lui parler de ce que nous sommes sur le point de faire.

Lorsque son café est prêt, je lui demande de faire une promenade avec moi.

Au cas où quelqu'un nous suivrait, nous ressemblerions à deux personnes se promenant dans la gare routière.

S'ils essayaient d'écouter notre conversation, ce serait encore plus difficile. Sauf si...

Bien sûr, je dois me protéger. Je la guide hors de la gare routière et me dirige vers une ruelle proche.

— Je pense que ce serait mieux si nous nous montrions que nous ne portons pas de micros, dis-je. Avant de parler.

Elle y réfléchit un instant puis me fait signe de la tête.

Elle relève sa chemise, exposant son soutien-gorge noir, et je laisse échapper un soupir de soulagement. Je lui montre mon torse et elle me fait signe de la tête.

Nous échangeons des téléphones et les vérifions également pour les enregistrements, sans rien trouver non plus.

— Ok, allons-y, dis-je.

Nous décidons de nous appeler par noms de code afin de nous protéger d'avantage. Sans nom, il n'y a personne vers qui se tourner.

— Alors, quel est leur plan ? je demande.

— Tu ne sais pas ?

Je hausse les épaules. — Big Dipper a dit que tu me le dirais.

— En gros, ce soir, à l'heure de pointe, lorsque tous les autres expatriés rentreront aux États-Unis, nous entrerons dans le camping-car qu'ils nous ont acheté et on franchira la frontière.

— C'est tout ? je demande.

— C'est tout ce que je sais. Ils ont dit que les détails dépendent de nous. Nous pouvons être un couple marié ou une petite amie et un petit ami ou peu importe, du moment que nous franchissons la frontière avec succès, c'est tout ce qui les intéresse.

— Bien sûr, c'est tout ce qui les intéresse. Ce ne sont pas eux qui risquent des années de prison s'ils se font prendre.

— Des années ? sa bouche s'ouvrit.

— Oui bien sûr ! C'est cent kilos de cocaïne. Cela va être un sacré butin s'ils nous attrapent avec.

Dorothy baisse la tête et affale ses épaules, vieillissant soudainement d'une trentaine d'années.

— Je ne sais pas si je peux faire ça, chuchote-t-elle.

## 23

## NICHOLAS

### QUAND J'ESSAIE DE LA CONVAINCRE...

Mon cœur commence à battre rapidement mais je ne le laisse pas paraitre. J'ai besoin qu'elle le fasse et, si je veux la convaincre, je ne peux pas avoir l'air désespéré.

— Ça va aller, Dorothy. Nous aurons une belle histoire de couverture.

— Qu'elle est-elle ? demande-t-elle en croisant les bras sur sa poitrine.

— Nous sortons ensemble. Nous sortons ensemble depuis un moment. Tu veux que je te demande en mariage mais je ne veux pas être attaché. Je ne suis pas un trompeur mais je ne suis que l'un de ces gars qui n'ont pas besoin d'un bout de papier pour définir qui il aime.

Elle s'appuie contre le mur et soulève également son pied. Vêtue de tongs et d'une longue robe fluide, elle ressemble exactement à quelqu'un qui passerait des vacances à Baja.

— Pourquoi revenons-nous ? demande-t-elle.

— Ta mère est tombée à nouveau, dis-je sans perdre de temps. Nous allons voir si elle se porte bien.

— Où vivons-nous la plupart du temps ?

— Dans le camping-car. Nous y sommes à temps plein. Au moins, depuis un an et demi. Nous aimons la vie sur la route. Nous aimons rencontrer de nouvelles personnes et voir de nouveaux endroits.

Je lui raconte tout cela et bien plus encore. L'histoire me sort de la bouche si facilement que j'ai l'impression de l'avoir racontée des millions de fois auparavant.

— Comment tu te sens maintenant ?

— Je ne me sens toujours pas très bien d'avoir autant... de ce truc là-dedans, dit-elle dans un susurrement silencieux.

Je hausse les épaules. Moi non plus, mais personne d'autre ne va nous payer autant d'argent pour conduire un véhicule de plaisance à travers la frontière.

Ma confiance et mon histoire semblent la mettre à l'aise et elle me montre l'adresse qu'elle a reçue de Big Dipper.

Quand on la recherche, elle n'est située qu'à quelques rues seulement. Le camping-car n'est pas particulièrement gros mais, heureusement, il semble avoir beaucoup vécu.

Avec notre histoire, nous avons besoin que notre maison semble avoir fait pas mal de kilomètres. L'intérieur est rempli de vêtements et de bric-à-brac, juste assez pour que cela ressemble à une vie bien remplie.

— Ce truc est parfait, dis-je, assis au volant. La porte est déverrouillée et il y a deux hommes dans une voiture à un pâté de maison qui nous surveillent. Ils doivent être ceux qui l'ont laissé.

— Où est la drogue ? demande Dorothy.

Je hausse les épaules.

— Je pensais que tu le saurais.

— Non. Elle secoue la tête.

Une partie de moi est tentée de chercher, mais une autre partie veut simplement conduire et en finir avec ça.

— Ils ne l'auraient pas laissé dans un endroit facile à trouver, n'est-ce pas ? demande Dorothy.

— Pas s'ils ne veulent pas que cela soit confisqué. Les chiens vont également se déplacer.

Dorothy écarquille grands et je réalise que j'en ai assez dit.

— Typiquement, avec la marijuana, ils la cachent avec du café. Je ne suis pas sûr de ce qu'ils font avec de la cocaïne, mais ils veulent qu'elle arrive là-bas en toute sécurité. Ils ne nous piègent pas.

Ma voix est confiante, mais à l'intérieur, je doute beaucoup.

Il y a un mandat d'arrêt pour mon arrestation.

Et si c'était juste une grosse ruse ?

Non, Big Dipper ne ferait pas ça.

Pourquoi voudrait-il perdre cent kilos de cocaïne dans

le processus alors qu'il pourrait appeler le gouvernement fédéral et faire un rapport sur moi directement ?

Ou si c'est également un mensonge ?

C'est l'heure de pointe et, selon Google Maps, il faudra au moins deux heures pour franchir la frontière à ce rythme.

Tout le monde se grouille.

Le soleil tape fort et la climatisation à l'intérieur de ce véhicule laisse à désirer.

Tout à coup, je ne suis plus du tout charmé par toutes les imperfections de cette semi-remorque.

— J'aimais mieux l'air conditionné dans le bus en allant ici, dis-je.

Dorothy regarde au loin, enregistrant à peine ce que je dis.

J'essaie la radio mais aucune musique optimiste mexicaine ne m'attire, alors je l'éteins.

— Alors, comment en es-tu arrivée à ce type de travail ? je demande après que nous nous soyons encore arrêtés complètement.

Elle se tourne lentement vers moi en écartant ses cheveux de son visage.

Nos yeux se croisent brièvement mais ensuite elle regarde ailleurs.

Je veux lui demander si elle va bien, mais je ne veux pas lui donner l'occasion de me dire qu'elle ne veut plus le faire à nouveau.

— Mon mari, dit-elle finalement. Il est vraiment malade. Un cancer.

— Je suis vraiment désolé.

— Troisième degré. Foie. Il existe certaines options de traitement, mais elles ne sont pas géniales. Et vraiment chères.

La circulation s'accélère un peu et nous bénéficions d'un rythme régulier d'environ seize kilomètres à l'heure, mais de quelques minutes seulement.

— Il existe des traitements expérimentaux disponibles dans des cliniques privées. Il n'y a aucune garantie mais je veux qu'il se batte. Il s'est battu mais les choses ne se passent pas bien.

— Alors, pourquoi fais-tu cela ? demandé-je.

— Pour l'argent, pour quoi d'autre ? Ces traitements sont prometteurs mais ils coûtent de l'argent. L'assurance ne les couvre pas. Nous avons déjà une deuxième hypothèque pour couvrir la chimiothérapie, mais elle est loin d'être suffisante pour essayer cela. Et je ne vais pas le perdre pour quelque chose d'aussi stupide que de l'argent.

J'acquiesce. Pourquoi ça revient toujours à ça ? Pourquoi tout semble-t-il tourner autour de quelques morceaux de papier dont quelqu'un a insufflé avec de la valeur ?

J'entends la colère dans sa voix et je sens sa douleur.

Je ne le comprends pas parce que je ne le traverse pas, mais je compatis et je souhaiterais pouvoir faire quelque chose pour arranger les choses.

— C'est pour ça que ça doit marcher, dit-elle, les doigts tremblants.  Nous devons réussir.

Nous conduisons en silence jusqu'à la cabine de douane. Mon cœur bat la chamade quand nous y arrivons. Un agent de sécurité avec un air sévère sur son visage vient côté conducteur.

— Passeports s'il vous plaît, dit-il.

## 24

## NICHOLAS

QUAND ON PASSE LA FRONTIÈRE…

Je REMETS mon passeport à l'officier, puis me tourne vers Dorothy et dis — Allez, dépêche-toi. Ce n'est pas comme si tu n'avais pas eu trois heures pour le sortir.

Elle grimace et cherche le sien dans la boîte à gants.

— Qu'est-ce que vous faisiez au Mexique ? demande-t-il.

— Nous sommes des camping-caristes à temps plein, lance Dorothy. Nous avons vendu notre maison l'année dernière et avons acheté ce camping-car ici et nous l'adorons.

— Il a un nom ? demande-t-il en regardant mon

passeport. Pendant une seconde, j'hésite. *Il* ? De quoi parle-t-il ?

— Bien sûr que oui ! dit Dorothy en lui tendant son passeport. Désolé, nous avons eu un problème et nous avons dû perdre le manuel. Eh bien, vous savez ce que c'est. C'est un vrai fouillis là-dedans.

— Euh... dit-il en regardant son passeport.

— Liberté ! me crie Dorothy.

— Madame ? demande-t-il.

— Liberté. C'est le nom de notre camping-car. N'est-ce pas beau ?

— Oui, ça l'est, dit-il plutôt désintéressé. D'accord, eh bien, tout semble être en ordre ici. Attendez un instant pendant que nous demandons au chien de renifler.

Il s'en va avant que l'un de nous ne puisse dire un mot.

Nous échangeons des regards en connaissance de cause et retenons notre souffle.

Lorsque le chien a terminé avec la voiture à l'avant, son maître nous l'amène.

Je détends mes mains autour du volant et joue avec la radio.

Dorothy semble soudainement se fermer comme une huitre. Pour la sortir de là, je lance une dispute. Nous sommes ensemble depuis des années, donc nous ne devrions pas nous disputer en public.

— À mon retour, je vais d'abord aller au gymnase, annoncé-je. Je te déposerai chez ta mère et te retrouverai plus tard.

Cela lui prend une seconde pour répondre mais ensuite elle le fait.

— Tu ne vas pas voir ma mère ? Nous avons parcouru tout ce chemin et tu ne vas même pas t'arrêter ?

— Je le ferai dans une heure environ. J'ai besoin de me détendre. De plus, *nous* n'avons pas conduit tout ce chemin. *J'ai* conduit tout ce chemin, je la corrige. Et tu ne veux juste pas aller la voir toute seule. Et tu le sais. Je suis ton tampon.

— Tu n'es pas un tampon ! crie-t-elle.

— Tout est en ordre. Bon voyage, dit l'agent à la frontière, tapotant le côté du véhicule de plaisance. Je m'éloigne et remonte la fenêtre, mais nous ne cessons de nous disputer jusqu'à ce que nous soyons à quelques kilomètres plus loin pour des raisons de sécurité.

---

— On l'a fait ? je me tourne vers Dorothy avec un large sourire. Elle hoche la tête, laissant échapper un cri aigu et tape des mains. Elle sort un Twix de son sac à main et propose de le partager avec moi.

— Non merci, dis-je.

— C'est notre barre chocolatée de célébration ! dit Dorothy.  Chocolat au lait. Caramel. C'est délicieux. Allez, tu sais que tu le veux.

— C'est tout à toi, dis-je en secouant la tête.

Elle y mord fiévreusement, ramassant les petites miettes qui tombent sur sa chemise.

— Où allons-nous maintenant ? demandé-je quand son téléphone sonne. Le lieu de dépot est à environ cinquante kilomètres au nord.

— Que vas-tu faire maintenant ? je demande après une

longue période de silence. Rentrer chez toi à San Diego ?

— Combien de temps durera l'argent avec les traitements contre le cancer ? je demande.

Elle se mord la lèvre inférieure. — Un peu mais pas longtemps.

— Que feras-tu faire ensuite ?

— Probablement, un autre coup, dit-elle, regardant au loin.  Quoi d'autre ?

Nous regardons le désert qui s'étend devant nous. Le ciel est d'un bleu éclatant et la terre est d'un beige poussiéreux, et c'est le plus bel endroit du monde.

— Viendras-tu avec moi ? demande-t-elle. Nous avons eu de la chance une fois.

— Je ne peux pas. C'est tout pour moi.

— Dommage.

— Dorothy, tu dois être prudente à ce sujet. Si tu fais cela à nouveau, et si cela devait être un grand coup, tu devrais aller en Arizona ou au Texas ou quelque part loin de cette frontière.

— Pourquoi ?

— Tu ne peux pas risquer de tomber sur le même agent. Il ne croira pas ton histoire la deuxième fois, si tu viens avec un *petit ami* différent.

— J'y penserai, dit-elle dans un souffle.

Je veux la secouer. Je veux lui dire de ne pas tenter le diable.

Ce qui s'est passé là-bas a été proche d'un miracle et les miracles n'ont pas tendance à se répéter à plusieurs reprise.

Nous arrivons au point de chute quelques minutes plus tard. C'est le parking d'un Walmart. Grand, spacieux et pas très complet. Je me gare à l'arrière. Nous devons laisser les clés dans le véhicule de plaisance, entrer à l'intérieur, faire des emplettes, puis sortir.

Je suis inquiet de le laisser déverrouillé, mais remarque deux gars assis dans leur vieille camionnette en train de me regarder. Ils l'attendent.

— Comment allons-nous obtenir cet argent ? me répète Dorothy alors que nous marchons dans l'allée sans but.

— Ils vont le déposer, dis-je.

— Et s'ils ne le font pas ?

Je mentirais si cette pensée ne m'avait pas traversé l'esprit.

Mais je ne peux pas faire grand-chose. Je ne veux pas vraiment conserver toute cette cocaïne plus longtemps que nécessaire.

— Nous devons juste être patients, dis-je.

Ses yeux rencontrent les miens dans l'épicerie. Elle est inquiète, beaucoup plus que moi.

Mon objectif était d'entrer aux États-Unis. Si tout se passe mal, je peux aller à Vegas pour trouver Big Dipper et essayer de régler les choses.

Mais Dorothy ? Elle ne le connaît seulement comme une personne au téléphone.

Et elle a besoin de cet argent pour sauver la vie de son mari.

## NICHOLAS

QUAND ON ATTEND...

Nous sortons du magasin avec nos sacs pleins de collations, de nourriture et d'eau. Que j'ai acheté pour la plupart.

Je conduis Dorothy à l'arrêt de bus situé à l'autre bout du parking. Ce serait l'endroit le moins visible pour le faire.

— Le camping-car est parti, dit Dorothy en se tournant vers moi.

— Ils passent par là.

— Ils l'ont pris et ils ne vont pas nous payer, dit-elle en secouant la tête.

C'est une possibilité très réelle, je l'avoue, mais ferme

la bouche. Je ne veux pas l'inquiéter plus qu'elle ne l'est déjà.

Nous attendons près de dix minutes, qui semblent être une décennie.

Ensuite, la même voiture, mais cette fois avec un seul gars arrive dans notre diriction. Il ne sort pas.

Il s'arrête, ouvre la porte et nous donne à chacun un sac de sport, puis s'en va.

J'ouvre la fermeture à glissière et je regarde à l'intérieur. Voir des liasses d'argent fait virevolter mon cœur. Cela suffira pour obtenir une nouvelle identité, une identité propre, et pour commencer une nouvelle vie.

— Tout est là, dit Dorothy, ravie, après avoir fait un compte rudimentaire de l'argent.  Que vas-tu faire maintenant ?

— Prendre un taxi et me rendre chez un concessionnaire de voitures d'occasion. On ne pas se déplacer en Californie sans voiture. Et toi ?

— Même chose, je suppose. Moins le concessionnaire automobile.

— Tu vas prendre le taxi jusqu'à San Diego ?
demandé-je. Elle hausse les épaules. Avec tout cet
argent ?

Elle hausse les épaules.

— Non, viens avec moi et je te déposerai.

---

J'ai acheté une Honda Accord 2006 pour trois mille
dollars, en faisant un tour sur une voiture qui a une
transmission du son afin qu'elle ne tombe pas en panne
à un moment inopportun sur l'autoroute.

Après avoir déposé Dorothy chez elle, j'appelle Big
Dipper

— Quand tous mes papiers seront-ils prêts ? je
demande dès qu'il répond.

— Bon travail. C'est sympa d'avoir de tes nouvelles
aussi, dit-il.

— Désolé pour ça, la journée a été longue.

— J'ai besoin de quelques jours de plus, dit Big Dipper.

— Quelques jours de plus ? Je pensais pouvoir m'envoler demain.

— Pas possible. La femme de ce type a eu un bébé.

— Quoi ? demandé-je, en riant à moitié. Je m'attendais à n'importe quelle excuse mais pas à celle-là.

— Oui, c'est le monde dans lequel nous vivons. Elle a un bébé et il est là pour elle, peu importe ce qui passe autour.

Je rigole en secouant la tête.

— En plus, c'est peut-être une bonne chose. La sécurité de l'aéroport est renforcée. Tu vas devoir être invisible si tu veux sortir en avion.

— Même avec la nouvelle identité ? je demande.

— Va en ligne et Google toi-même, tu verras. Tu ferais mieux d'aller dans un endroit calme et tranquille. Et par tranquille, je veux dire très tranquille. Pas d'amis. Aucune connaissance. Pas de filles. Oh, mec, ta vie va être nulle à chieeeeer !

Après avoir raccroché, je me rends dans un magasin de téléphonie mobile et m'achète un smartphone adéquat.

Je paie en espèces et l'enregistre en utilisant le passeport que j'ai utilisé pour traverser la frontière.

De retour sur le parking, je me cherche sur internet.

Big Dipper ne mentait pas.

Le nombre de programmes et d'articles qui portent mon nom a plus que doublé depuis mon arrivée à Belize.

Ce serait suicidaire d'essayer de voler au-dessus de LAX ou de tout autre aéroport avec tous leurs logiciels de reconnaissance faciale.

La seule raison pour laquelle je suis même rentré aux États-Unis est qu'aucune agence gouvernementale ne pensait que je serais assez stupide pour revenir ici.

— Putain, dis-je.  Qu'est-ce que je vais faire maintenant ?

Je démarre le moteur et roule. En tournant sur la Pacific Coast Highway, je conduis avec le vaste océan d'un côté. La lune est énorme et d'un jaune vif aujourd'hui, projetant des ombres sur les vagues calmes à l'horizon.

La journée a été très longue et je devrais probablement

trouver une chambre d'hôtel quelque part, mais je ne peux pas m'arrêter de conduire.

Je mets du rock classique et me perds dans Bob Dylan et les Rolling Stones.

Ma prise sur le volant est relâchée et je me repose confortablement dans le siège en cuir patiné.

Il y a environ cent vingt mille km sur cette voiture. Je me demande où elle a été dans toute sa vie ? A-t-elle parcouru le pays et si oui, combien de fois ? Ou a-t-elle seulement parcouru les mêmes vingt kilomètres de chez elle au travail, encore et encore ?

Dans mon cœur, j'espère qu'elle a vécu quelques aventures. Les voitures, après tout, sont faites pour aller quelque part.

En parlant de destinations, où devrais-je aller maintenant ? Deux directions sont hors de question. Je ne retourne pas dans le sud et je ne peux physiquement pas aller dans l'ouest sans prendre l'avion. C'est donc le nord ou l'est pour moi.

Il ne faut pas longtemps pour que mes pensées reviennent à Olive.

Chaque fois que je me détends ou que je n'ai aucun raison d'y penser, elles lui reviennent toujours.

Quand je vois un panneau pour aller à l'est, je prends cette route qui m'éloigne de l'océan. Je sais où elle est et maintenant que moins de deux heures nous séparent, je sens son attrait gravitationnel.

Je ne peux pas y arriver assez vite.

Je ne veux pas accélérer, mais à 60 km/h, j'ai l'impression de conduire dans de la mélasse.

Enfin, une heure plus tard, je commence à voir des panneaux pour les villes du désert. Un peu plus tard, je passe devant Cabazon Outlets et je vois enfin les moulins à vent qui séparent Palm Springs du reste de la Californie du Sud.

Les moulins à vent sont grands et nombreux. La nuit, ils sont pratiquement invisibles, à l'exception des lumières clignotantes rouges vives situées au sommet. Ils sont positionnés dans une vallée entre deux chaînes de montagnes désertiques, un endroit idéal pour les vents violents de se rassembler et balayer.

C'est une journée particulièrement venteuse et ma voiture commence à trembler sous la pression.

J'attrape un peu plus fort le volant pour le maintenir à sa place.

Je suis allé à LA plusieurs fois mais je ne suis jamais allé à Palm Springs. Comment peut-on vivre ici avec tout ce vent ? Je me le demande.

Mais tout change lorsque j'arrive sur Palm Canyon Drive. Ici, les palmiers se balancent à peine dans la brise et les gens apprécient de bonne humeur leur nourriture dehors.

Derrière les restaurants et les parkings, une énorme montagne domine le canyon. La même montagne qui canalise le vent vers le nord est maintenant celle qui le bloque entièrement.

J'entra l'adresse dont je me rappelle être celle de la mère d'Olive.

C'est la seule adresse que j'ai.

Je ne suis vraiment en mesure de contacter mon propre enquêteur.

Il est un peu trop doué pour trouver des personnes et c'est la dernière personne que je veux sur ma piste pour le moment.

Je monte une longue allée et passe devant sa porte sans m'arrêter. Au sommet de la colline, il y a un peu de monde.

Je me gare juste devant, un peu sur la route, pour être honnête. Mais de ce point de vue, je peux voir des gens entrer et sortir de chez elle.

Alors j'attends.

Une heure plus tard, je me sens totalement idiot.

Quelles sont les chances qu'elle ait même contacté sa mère ? Et même si elle le faisait, cela ne veut pas dire qu'elle serait chez elle à ce moment-là. Malgré tout, je veux rester plus longtemps, mais mes paupières commencent à se sentir plus lourdes.

La seule chose que je ne peux pas faire, c'est m'endormir ici. J'attends quand même.

Quelques heures plus tard, je pars.

## 26

## OLIVE

QUAND JE LES RENCONTRE...

JE CHANGE de tenue environ cinq fois avant de trouver la bonne. Pour une raison que j'ignore, je suis plus nerveuse à l'idée de *les* rencontrer que de la rencontrer.

Eh bien non, ce n'est pas vrai. J'étais en train de mourir à petit feu de l'intérieur la première fois que je suis allée voir Josephine. Cependant, rencontrer son mari et ses enfants est un gros problème. Je ne m'attendais pas à ce que nous atteignions ce niveau aussi rapidement.

Je me présente enfin chez eux vêtue d'une robe à col et d'une ceinture à l'avant. C'est habillé mais pas très chic. Après avoir fait des va-et-vient entre les tongs et les talons, je me suis finalement décidée sur des sandales compensées.

Josephine me rejoint à la porte et me serre chaleureusement. Deux petits enfants jouent dans le salon. L'un à quatre ans et l'autre à deux ans. Je m'agenouille à côté d'eux.

Ellen, l'aînée, me montre ses voitures et Byron, le plus jeune, me montre sa collection d'autocollants.

J'aime à quel point leur présence informelle rend toute cette rencontre. On ne se serre pas la main, on n'y plonge juste dedans. Josephine se tient un peu à l'écart de moi et nous regarde avec amour.

— Où est ton papa ? je demande à Byron. Il pointe juste en direction de la cuisine et grogne. Ellen rit, Josephine aussi.

— Il sera dehors dans une minute, dit Josephine.

— Bien sûr, ne vous précipitez pas, dis-je, me rasseyant dans le fauteuil poire et admirant mes frères et sœurs.

Je ne sais pas si Josephine voudrait que je pense à eux comme ça, mais je le fais déjà et je suis en train de tomber amoureuse d'eux.

— Olive ! Je suis vraiment désolé, j'avais un appel. Un homme de l'âge de Josephine vient me saluer.

Il a des yeux doux, un corps vigoureux et en forme et un sourire qui illumine toute la pièce. Il me fait un câlin chaleureux et un baiser sur la joue.

— Viens, on va s'asseoir. Puis-je te proposer un verre ? demande-t-il.

— Wallace fait le meilleur Old-fashioneds.

— Je vais devoir essayer ça.

— Joe m'a raconté tout ce qui s'est passé mais j'aimerais en savoir plus sur toi, déclare Wallace lorsque nous nous sommes assis dans le salon. Et au fait, je suis vraiment désolé que cela se soit produit. Depuis que je connais Joe, elle te cherche. Et je suis désolé que vous vous soyez perdues toutes ces années.

Ses mots me font pleurer et je ne peux pas à retenir mes larmes. Ils sont tellement imprévisibles et aimants que je suis physiquement dépassée.

Je passe la majeure partie de mon dîner à parler de moi après qu'ils aient posé des questions sans fin au sujet de mes expériences du passage à l'adulte.

Je suis tiraillée entre leur dire toute la vérité et en couvrir une partie avec des mensonges. Je sais que toute la vérité va blesser Josephine encore plus qu'elle ne l'est déjà et je veux la protéger de la douleur. Mais elle mérite toujours de savoir ce qui est vraiment arrivé à sa fille.

Heureusement, au dessert, les enfants commencent à dominer la conversation et j'arrive à éviter le sujet.

Je joue avec eux.

Je leur parle.

Je leur pose des questions sur leur vie et Ellen me donne des détails sur ce sujet.

— Je pense qu'il se fait tard, dis-je quelques heures plus tard.

Je ne veux pas vraiment y aller mais je ne veux pas non plus rester plus longtemps que prévu.

— Nous allons en fait mettre Byron au lit et laisser Ellen passer un peu de temps en silence, mais peux-tu rester un peu plus longtemps ? demande Josephine. Nous pouvons boire un autre verre sur la terrasse.

— Bien sûr, dis-je en me dirigeant vers la porte

coulissante en verre.

— Nous serons bientôt de retour. N'hésite pas à y aller si tu veux, dit Wallace.

Après avoir embrassé les enfants pour leur souhaiter une bonne nuit, je les regarde tous disparaître dans le long couloir et j'ai l'impression d'être totalement seule.

La vallée est éclairée par un million de petites lumières. Les vues font le tour du porche et sont à couper le souffle.

Quand je lève les yeux, je vois que la maison est pratiquement gravée dans la montagne derrière elle.

Je suis la courbe de la piscine, autour du spa intégré avec une chute d'eau devant et vers l'autre côté.

La lumière avant n'atteint pas cette distance, et il me faut un moment pour m'adapter à la noirceur de ce coin de la cour.

— Ne vas-tu pas me les présenter ? demande Owen. Pendant une seconde, je pense entendre des choses.

Mais quand mes yeux s'ajustent à la noirceur, je le vois. Il se tient devant la porte de leur cabane de piscine.

— Que fais-tu ici ? je cours vers lui et le pousse à l'intérieur.

— Pourquoi es-tu *ici* ?

Je regarde en arrière en espérant qu'ils prendront un peu plus de temps à l'intérieur.

— Je voulais juste vérifier où était ma sœur et voir comment elle allait.

— Tu m'as bien fait comprendre que je ne suis plus ta sœur, je réponds d'un ton sec.

— Eh bien, je pensais que nous pourrions peut-être revenir à cela.

Je vois cela comme ma chance. Oui, nous pouvons, dis-je. Je veux juste que tu partes d'ici.

— Non, dit-il fort. En y réfléchissant bien, je préférerais de loin que tu sois plus qu'une sœur.

— Baisse la voix, murmurai-je, essayant de compenser ce son perçant avec le calme de ma propre voix.

Ça ne marche pas.

— Pourquoi n'as-tu pas répondu à mes appels ? demande-t-il.

— Nous nous sommes disputés, Owen. Je ne veux pas te parler.

— Peu importe, dit-il en agitant la main et s'asseyant sur leur lit.

— Lève-toi ! Je l'attrape pour le tirer, mais au lieu de cela, il m'attire juste au-dessus de lui.

— Lâche-moi ! Je pousse un cri perçant mais il met sa main sur ma bouche.

Je mords aussi fort que possible. Il crie de douleur et me frappe au visage. Ma joue brûle comme si elle était en feu et quelque chose commence à sortir de mon nez.

Quand sens le goût le fer, je me rends compte que j'ai un nez en sang.

Avant que je puisse l'arrêter, je suis sur le lit, couchée sur le dos et il est sur moi.

— Dégage ! je gémis mais il ne bouge pas.

Au lieu de cela, il me serre les mains et me domine.

— Ce soir, tu es à moi, me murmure-t-il dans les oreilles en sortant un pistolet. Si tu ne fais pas ce que je dis, je vais tuer ta nouvelle famille.

## 27

## OLIVE

QUAND JE SUIS SILENCIEUSE...

Mon esprit est vide. Mon corps cesse de bouger et de résister.

Je viens de récupérer ma mère. Je ne ferai rien pour la blesser. Je ne ferai rien qui puisse blesser mon frère et ma sœur.

— C'est mieux comme ça, dit-il, relâchant légèrement son emprise autour de mes mains mais pas sur le pistolet. Maintenant, tu vas faire exactement ce que je dis ou ils mourront.

— Quelle garantie ai-je que tu ne vas pas les tuer... après ? demandé-je, profondément consciente de ma bouche desséchée.

— Tu n'en as pas. Mais je te laisserai partir si je passe un bon moment ici.

Le sang s'écoule de mon visage.

Mes doigts deviennent glacés et mes pieds aussi. Il touche mon corps comme si j'avais donné mon consentement.

Des pensées me parcourent la tête.

La plupart du temps, ce sont des souvenirs de ce qu'il était.

Comment cela peut-il vraiment être l'homme que je connaissais ?

Comment cela peut-il vraiment être l'homme à qui j'ai écrit toutes ces lettres en prison et qui m'a répondu toutes ces lettres ?

C'était quelqu'un que j'admirais et c'est maintenant une personne que je méprise.

Je sens de l'alcool dans son haleine. Il est ivre mais il a une grande tolérance à l'alcool.

Pourtant, il sait exactement ce qu'il fait. Ses mains se baladent autour de mon corps alors que j'essaie de comprendre quoi faire.

Je ne peux pas laisser cela se produire, mais je ne peux pas non plus le laisser faire du mal à Josephine ou à sa famille.

J'ai beaucoup de regrets dans ma vie et ce ne sera pas l'un d'eux.

Il commence à embrasser mes lèvres, ma bouche et mon visage. Lorsqu'il commence à descendre dans mon cou, il murmure — Embrasse-moi dans le dos.

Je ne veux pas, mais je ne peux pas dire non.

Je dois gagner plus de temps.

J'ai besoin de trouver une solution.

Il doit y avoir un moyen de sortir.

Je veux le mordre, mais je me force à l'embrasser.

Il ne semble pas remarquer que je le fais sous la contrainte.

— Oui, n'est-ce pas incroyable, Olive ? Est-ce tout ce dont tu as rêvé ? Il marmonne et m'embrasse encore.

J'appuie mes lèvres sur les siennes, j'ouvre lentement les yeux et baisse les yeux.

Je ne peux pas le voir avec certitude, mais on dirait

qu'il ne tient plus le pistolet. Je bouge mon corps et il déplace le sien sur moi.

Il pense que je suis sous son charme alors que tout ce que je fais, c'est essayer de trouver un angle pour me dégager.

Quand il attrape ma poitrine, je m'éloigne brusquement et lui donne un coup de tête. Il gémit de douleur mais ce n'est pas suffisant pour le tenir à distance.

Il me saisit à nouveau mais je me démène de son emprise. Je cherche le pistolet dans le lit mais je ne le trouve pas.

J'essaie de lui donner un coup de pied mais son corps est trop près du mien.

Puis il le fait encore.

Il appuie son avant-bras contre ma gorge.

Mes voies respiratoires se resserrent et je commence à avoir le souffle coupé. Je commence à voir des étoiles puis ma vision devient floue.

Quand tout devient noir, il me laisse enfin partir. Ma gorge me brûle à chaque toux.

— Ne refais plus jamais ça, Olive. ricane-t-il.

Je le regarde.

L'air commence à revenir, éclaircissant mes pensées troubles.

Il est encore au-dessus de moi, ne m'étouffe pas mais essaie de me déshabiller.

Je sens autour de moi tout ce qui est pointu ou dur, que je peux utiliser pour me protéger. Mais mes doigts ne trouvent que des touffes de draps.

Puis...

C'est tellement froid et dur, difficile de le confondre avec quoi que ce soit. Je saisis le pistolet et pousse le canon dans son corps. Lorsque j'appuie sur la gâchette, il pousse un cri et se serre le ventre.

— Olive, donne-moi le pistolet, dit quelqu'un à plusieurs reprises pendant que je me tiens debout devant Owen, me tordant de douleur.

Il se répète un certain nombre de fois avant que je n'enregistre le fait que c'est Wallace qui parle.

— La police est en route, chuchote Josephine.  Il ne te fera plus de mal.

À un moment donné, j'abandonne le pistolet.

À un moment donné, les ambulanciers paramédicaux jettent une de ces couvertures grises sur moi pour me garder au chaud.

À un moment donné, ils mirent Owen sur une civière et commencèrent à le faire rouler.

À un moment donné, Josephine me pris dans ses bras, me fit un baiser sur la joue et me dit que tout va bien se passer.

La police ne me laisse pas beaucoup de temps pour me reposer avant de répondre à leurs questions.

Josephine et Wallace sont venus me voir, le pistolet pointé sur Owen, après que je l'ai déjà tiré. Personne ici ne sait qui il est et, l'espace d'un instant, je me demande s'ils le devraient.

— Oh, non, qu'est-ce qu'il t'a fait ? demande Josephine, tirant la couverture autour de mon cou et regardant les ecchymoses.

Je la laisse tomber au sol et leur montre tout.

C'est inutile de le cacher.

Si je mens ou si j'essaie de le protéger, ils vont m'arrêter.

Ils documentent mes ecchymoses. Ils prennent des photos et prennent des notes.

Il y en a beaucoup plus que ce que je pensais.

Il y a celles autour de mon cou où il a essayé de m'étrangler.

Il y a celles sur mes bras où il m'a coincé.

Il y a celles sur mes jambes quand j'ai riposté.

Il y a même une marque visible sur ma joue quand il m'a giflé et que mon nez a commencé à saigner.

Je décris ce qui s'est passé avec autant de détails que possible.

Il y a certaines parties de l'attaque dont je ne me souviens pas très bien l'ordre, mais tout le reste est limpide.

— J'ai voulu rester immobile mais il aurait obtenu ce qu'il voulait, dis-je à la fin. Et je ne pouvais pas le laisser me faire ça.

Les détectives sont froids et insensibles, mais au moins Josephine et Wallace me croient.

— Et comment a-t-il su que vous étiez ici ? demande l'un des policiers.

— Il savait que je suis venue à Palm Springs pour retrouver ma mère. J'avais son adresse et il l'a vue.

— Et c'est votre petit ami ?

Je secoue la tête. C'est mon frère, dis-je doucement. Il y a un souffle audible à cette révélation.

— Mais il savait depuis longtemps que nous n'étions pas vraiment liés. Quelque chose que je n'ai découvert que récemment.

Il y a tellement plus à dire et tellement plus à garder pour moi.

Mais ce n'est pas Owen que je veux protéger.

C'est Nicholas.

Owen a fait son lit. Il a essayé de me violer, il a promis de tuer ma vraie mère et sa famille.

Mais plus je leur explique pourquoi nous sommes ici,

plus ils sont susceptibles de trouver notre lien avec Nicholas.

— Et quel est le nom de votre agresseur ? demande l'un d'eux, puis je me fige.

## 28

## OLIVE

QUAND JE FAIS UN CHOIX...

L'OFFICIER de police me redemande le nom d'Owen. Et encore Et encore.

Au début, j'ai pensé qu'il serait si facile d'aller de l'avant et de leur dire la vérité, mais des doutes se sont installés. Je souhaite tellement qu'il soit la personne que je pensais être la personne que j'arrive à peine à accepter qui il est réellement.

— Madame, comment s'appelle-t-il ? demande un détective.

Je peux dire qu'ils s'impatientent. Josephine met son bras autour de moi et leur demande de nous en donner une seconde.

— Qu'est-ce qui ne va pas ? Pourquoi ne leur dis-tu pas ?

Les larmes commencent à couler sur mon visage.

— Je n'avais jamais pensé qu'il me ferait cela. Je pensais que c'était une personne de confiance. J'ai attendu si longtemps pour qu'il sorte de prison, puis qu'il sorte du coma... Ma voix s'éteignit alors que je cherchais l'air au milieu de mes sanglots.

Mais touchant mon cou, je sursaute.

— Il a essayé de t'étrangler Olive, dit Josephine de sa voix douce et apaisante.

J'acquiesce.

— Il a essayé de te violer. Il aurait réussi si tu ne lui avais pas tiré dessus. Il mérite tout ce qui lui arrive.

— Je sais que c'est vrai. Bien sûr que oui.

— Alors, qu'est-ce qui te retient ?

Déglutit fort. Quand je la regarde, je me perds un instant dans le bleu de ses iris. Il y a une profondeur qui fait trembler tout mon corps.

— Tu peux le faire, me murmure-t-elle à l'oreille.

J'ouvre la bouche pour le dire mais un autre flic m'interrompt.

— Il s'appelle Owen Kernes et c'est son frère, raconte-t-il.

— Votre frère a essayé de vous violer ? demande l'inspecteur.

— Oui, mais ce n'est pas mon frère biologique.

N'ai-je pas déjà dit cela ? Je me le demande.

Soudain, j'ai une expérience de hors-corps. Je me retrouve à raconter l'histoire ou une partie de l'histoire de ma vie, mais j'ai le sentiment de ne pas être celle qui le fait. Au lieu de cela, je regarde juste cette petite fille perdue, une couverture autour de ses épaules, raconter à un groupe d'étrangers en uniforme des choses qu'elle n'a jamais dit à personne.

Alors que les détectives se tournent vers Wallace, je m'éloigne de Josephine et me dirige vers l'ambulance.

Quelqu'un m'empêche de monter mais pas avant que je crie — Pourquoi as-tu fait cela ? Pourquoi as-tu fait ça ?

Owen ne répond pas.

— Pourquoi ? Je crie, frappant mes poings sur l'arrière de l'ambulance.

— Parce que rien ne compte sans toi, Olive, dit-il lentement.  Tu ne comprends pas ça ?

— Non. Je secoue la tête.

— Je n'ai pas de vie sans toi, dit-il.

Les auxiliaires médicaux ferment la porte et quelqu'un m'éloigne du chemin. De grosses larmes coulent sur mon visage et je m'assois et enterre mon visage dans mes mains.

---

Après un moment, les policiers partent. Je devrais probablement répondre à plus de questions et fournir plus d'explications, mais pour l'instant ils me laissent tranquille. Josephine m'offre du thé et un Xanax mais j'accepte simplement le thé.

— Je suis vraiment désolée pour tout cela, leur dis-je dans la cuisine. Les enfants sont heureusement endormis et ont dormi durant tout cet épisode.

Je suis sûre qu'ils sont tentés de me demander de revenir sur tout ce qui s'est passé, mais heureusement, ils ne le font pas. Je n'ai pas l'énergie nécessaire pour revenir sur tout ce qui s'est déroulé une fois de plus.

— Je pense que je ferais mieux de rentrer à la maison. J'ai besoin de dormir.

— Non, non, non, dit Josephine. S'il te plaît, reste dans notre chambre d'amis. Tout est déjà installé.

— Seulement si tu en as envie, dit Wallace, me donnant un coup de main.

— D'accord, mais seulement si ce n'est pas un trop grand fardeau, je suis d'accord.

La pièce est spacieuse, à peu près de la taille d'une chambre principale dans une maison normale. Elle a sa propre salle de bain et un dressing. Wallace me montre où ils gardent les serviettes et Josephine arrive toute en sueur.

— Je suis sûre que tu veux changer de vêtements. Dis-moi si ceux-là ne te conviennent pas et je vais essayer de trouver autre chose.

— Je suis sûre que ce sera parfait, je leur assure et nous nous souhaitons une bonne nuit.

J'enlève les vêtements que les policiers m'avaient donné après m'avoir photographié et pris le mien comme preuve. J'entre directement dans la douche et fond sur le sol.

Mes larmes se mêlent à l'eau qui coule, soulageant une partie de ma douleur. Je me sens si seule et il n'y a qu'une seule personne capable de tout faire disparaître et il n'est pas là.

Mes pensées reviennent à Nicholas.

— Où es-tu ? je demande. Pourquoi n'es-tu pas ici ? Pourquoi as-tu écouté quand je t'ai dit de partir ? Pourquoi n'es-tu pas resté pour te battre ?

---

Le matin, à la première heure du jour, je me lève et me faufile hors de chez eux. Je leur laisse un mot pour les remercier de tout ce qu'ils ont fait et leur dire qu'il me faut du temps seule. À la fin, je promets de rester en contact.

Je ne leur dis pas où je vais parce que je ne le sais pas moi-même.

Tout ce que je sais, c'est que j'ai besoin d'espace.

Je dois aller quelque part pour me vider la tête.

Les flics m'ont dit de rester à proximité au cas où ils auraient d'autres questions, mais je reviendrai s'il le faut.

Je ne fuis pas, je vais quelque part pour me retrouver.

## 29

## OLIVE

QUAND J'ESSAIE DE ME VIDER LA TÊTE...

JE CONDUIS pendant un long moment. Je ne sais pas où je vais et je ne veux pas vraiment le savoir. Lorsque l'aube se tourne vers midi, je monte la climatisation et continue à rouler.

Lorsque la faim s'installe, je m'arrête à un relais routier et me promène dans l'allée à la recherche de quelque chose de sain à manger. Les beignets rassis et les vieux bonbons devraient être appétissants, mais pour une raison quelconque ils ne le sont pas.

Je prends de l'eau et retourne dans la voiture.

Qu'est-ce que je cherche ? Je ne sais pas.

Ma vie est devant moi mais je ne sais pas où cela va me

mener. Je peux tout faire et pourtant je n'ai envie de rien.

Je continue sur la Pacific Coast Highway en regardant les vagues s'écraser contre les collines en contrebas. Tous les quelques kilomètres, il y a un revirement et les gens s'arrêtent pour prendre des photos.

Une petite collection de magasins se rassemble autour du virage. Je ne sais pas exactement où je suis, sauf que cet endroit se trouve quelque part dans le centre de la Californie. Les magasins sont petits, plus comme des cabanes et je m'arrête dans l'un d'eux pour acheter des fruits et une tasse de jus.

Je descends sur le sable et bois mon jus avec les pieds bien enfouis sous le sable granuleux et froid. Le vent venant de l'océan me fait frissonner et j'aimerais avoir un pull plus chaud, mais cela me réveille aussi. Je regarde l'horizon et je m'y perds longtemps.

Lorsque je bois la dernière goutte, mon corps se sent rempli et plein d'énergie, mais mon esprit n'en est pas moins confus. Une partie de moi veut rentrer chez elle, pas seulement parce que c'est le seul endroit qui me semble familier, mais une autre partie veut aller à Hawaii en espérant qu'il y soit.

Cela fait longtemps que j'essaie de me débarrasser de Nicholas, mais cela ne fonctionne tout simplement pas. Je pensais que ne pas être sur les réseaux sociaux rendrait les choses plus faciles. Mais pour une raison quelconque, cela a rendu tout ce processus plus insupportable.

Il est parti.

Volatilisé.

Et plus le FBI, la police et qui sait d'autre le cherchent, plus il semble être loin.

S'ils ne peuvent pas le trouver, comment le pourrai-je ?

Je suis sûre qu'il y a beaucoup de femmes en ce moment qui n'aimeraient rien de plus que de couper les ponts avec leur ex. Pas de numéro de téléphone pour envoyer des textos après quelques verres de vin, pas de messages sur les réseaux sociaux pour baver ou devenir jaloux.

Au début, je pensais être l'une des plus chanceuses.

Je ne peux pas le contacter et cela signifie que si je le veux hors de ma vie, il est hors de ma vie.

Mais maintenant ?

Maintenant que je ne peux vraiment pas le contacter, je suis tout à coup pleine de regret.

Je souhaite qu'il y ait plus qui ai été dit.

J'aurais souhaité ne pas avoir été si en colère cette nuit-là, avoir écouté ce qu'il essayait réellement de me dire. J'aurais aimé être assez forte pour lui dire que je l'aime et le lui faire savoir.

Quelque part au loin, je vois un gars marcher avec enthousiasme en tenant sa planche de surf. Sa combinaison commence à ses chevilles et se ferme jusqu'à son cou, ne laissant que ses pieds, ses mains et sa tête.

L'océan en Californie est froid toute l'année. Je pensais que s'il faisait 30 degrés à l'extérieur, l'eau serait chaude comme en Floride. Mais les courants viennent d'Alaska et la côte est très profonde, donc si vous voulez passer beaucoup de temps dans l'eau, vous devez porter une combinaison de plongée.

Le surfeur tire la fermeture éclair dans le dos pour la refermer avant de me donner un léger signe de tête et de courir dans les vagues.

Soudain, une vague de nostalgie m'envahit.

Je me souviens avoir marché sur cette chaude plage hawaïenne et avoir vu Nicholas pour la première fois, avant même de savoir qu'il était Nicholas.

Il semble que cela se soit produit il y a un million d'années et peut-être même à quelqu'un d'autre.

Est-ce possible ?

J'enfouis ma main dans le sable froid et tombe sur une coquille lisse comme du verre à l'intérieur. En la faisant tourner entre mes doigts, je pense à Nicholas.

Il me manque beaucoup plus que je ne veuille l'admettre.

Ses lèvres me manquent. Son toucher me manque.

Mais ce qui me manque le plus, c'est sa présence.

Il possède un tel calme. Peu importe ce que je serais en train de vivre, j'aurais le sentiment que tout irait bien parce qu'il serait là.

Tout ce que je veux faire maintenant, c'est simplement lui parler de tout ce qui s'est passé. C'était lui qui était supposé être ici quand j'ai rencontré ma vraie mère. C'est lui qui l'a trouvée.

Mon téléphone vibre dans ma poche.

C'est Josephine.

Je suis tentée de ne pas répondre. Je m'apprête à appuyer sur le bouton « ignorer » .

— Salut, désolée d'être partie si soudainement, dis-je, changeant d'avis.

— Non, ça va, je comprends tout à fait, dit-elle, quelque peu distraite.

— S'il te plaît, dit à Byron et Ellen que je les verrai bientôt, dis-je, me sentant mal de ne pas leur avoir dit au revoir.

— Je le ferai, ne t'inquiète pas. dit-elle doucement. J'attends qu'elle continue mais elle ne le fait pas.

— Tout va bien, Josephine ? Mon cœur bat à toute allure.

Que s'est-il passé maintenant ?

Je ne sais pas combien de mauvaises nouvelles je peux encaisser.

— Nicholas a appelé, dit-elle.

QUAND IL FAUT QUE JE FASSE UN CHOIX…

JE NE PENSE PAS que je l'ai bien entendue. Ma peau rougit.

Nicholas ? Mon Nicholas ? Il *l'a* appelée ?

— Olive, tu es là ?

— Oui. bredouillé-je.

— M'as-tu entendue ?

— Oui, bien sûr, dis-je.

Comment ? Pourquoi ? Quand ? Une centaine de questions me traversent la l'esprit à la fois, mais ma bouche n'en formule pas une seule à voix haute.

— Je ne sais pas si tu veux entendre cela, mais je ne voulais rien te cacher, dit-elle.

— Quoi ? Qu'a t'il dit ?

— Il a dit qu'il voulait te parler, mais il a un nouveau numéro. Est-ce que tu veux le connaître ?

— Oui, vas-y. Je tâtonne avec mon téléphone.

Je n'ai rien pour l'écrire, mais j'ai réussi à ouvrir le bloc-notes sur mon téléphone et à le saisir.

— Il y a encore une chose, Olive.

— Oui ?

— Il a dit que ce numéro ne fonctionnerait que jusqu'à midi, heure du Pacifique. Je ne sais pas ce que cela signifie, mais c'est ce qu'il a dit.

Après avoir raccroché, je regarde le numéro jusqu'à ce qu'il soit gravé dans ma mémoire. Midi n'est que dans quarante-cinq minutes.

Je tourne en rond pour essayer de décider ce que je veux faire.

Il y a cinq minutes, c'était évident, mais j'ai du mal à prendre une décision.

Peut-être que nous avons rompu pour une raison.

Peut-être que je ne devrais pas l'appeler.

Peut-être que le fait que nous n'ayons pas pu nous parler a été une bénédiction.

Mes mains tremblent lorsque je compose le numéro.

— Salut. je murmure quand il répond au téléphone.

— Olive ? C'est toi ?! La voix de Nicholas est à la fois excitée et effrénée.

Un coup de vent souffle sur moi et sous mon pull. En moins d'une seconde, ça me refroidit jusqu'aux os.

— Comment as-tu eu son numéro ? demandé-je même si je connais déjà la réponse.

— J'ai eu ce dossier pendant longtemps, dit-il.

— Oui, bien sûr, je marmonne.

Il y a une longue pause et une autre rafale de vent traverse.

Je ne l'entends pas très bien et je ne veux pas rester ici plus longtemps. Je me lève et me dirige vers la voiture.

— Comment ça va ? je demande.

— Je vais bien. Comment ça s'est passé avec ta mère ?

— Elle est parfaite.

— Vraiment ?

— Elle est tellement plus que ce à quoi je m'attendais. Elle était tellement... heureuse de me voir.

— C'est génial, dit Nicholas.  Je suis très content pour toi. Tu mérites ça après...

Compte tenu de tout ce que j'ai fait, je ne suis pas sûr de la mériter, mais j'apprécie qu'il le dise de toute façon.

Dans la voiture, sa voix est claire et nette. Il m'en demande plus à propos de Josephine et je lui parle de tous les bons côtés.

Quand il pose des questions sur Owen, je passe rapidement sur les points négatifs. Je ne veux pas que ça tourne autour de lui.

Je ne veux pas qu'Owen pollue une chose de plus dans ma vie.

— Parle-moi de toi, dis-je.  Comment vas-tu ? Où es-tu ?

Il y a une pause à l'autre bout suivie d'un profond soupir.

— Je t'ai vu aux nouvelles, dis-je.  Et en ligne.

— Oui. dit-il doucement.  On dirait que tout le monde me cherche.

— Tu n'es pas obligé de me dire si tu ne veux pas.

— Je pense que c'est mieux si je ne le fais pas, dit-il.

Nous ne parlons pas pendant quelques instants.

Après quelques instants, le silence est insupportable.

Je veux le voir. Je veux avoir cette conversation dans la vraie vie. Je veux le toucher. Je veux m'assurer qu'il est toujours en vie.

— Olive, je t'ai appelé parce que je voulais encore m'excuser pour tout ce que j'ai fait. Tous les mensonges. Toutes les semi vérités. Tu mérites un homme bien meilleur que moi.

Les larmes commencent à monter. Cela ressemble énormément à un dernier adieu.

— Ce n'est pas grave. Je veux dire, c'est grave, mais ça peut le devenir. murmuré-je dans mes sanglots.

— Je voulais juste vous dire que dans le cas où... les choses ne se terminent pas bien pour moi.

— Ne dis pas ça. Ne dis jamais ça.

— C'est une possibilité très réelle.

— Non ce n'est pas possible. Tu dois continuer à te battre. Tu dois continuer.

— C'est dur. Si je veux avoir une chance de fuir, je dois couper tous les liens, dit-il avec un long soupir.

— Alors fais le.

— Je l'ai fait, mais mes pensées revenaient sans cesse vers toi. C'est pourquoi j'ai tendu la main à Josephine. Je pensais que tu l'avais peut-être rencontrée et qu'elle aurait ton numéro. Mais c'était une chose stupide à faire, Olive. C'est le genre de chose qui va me faire arrêter ou tuer.

Je veux lui dire de ne plus m'appeler.

Je veux le lui dire que pour qu'il se protège mais je n'y arrive pas.

— Je n'arrête pas de penser à toi aussi, dis-je après un moment.

— Que faisons-nous maintenant ? demande-t-il.

— Où es-tu ?

— Je ne peux pas te le dire.

— Oui bien sûr. Je le savais.

— Ce n'est rien de personnel. C'est juste pour ma propre sécurité.

— Est-ce pourquoi ce numéro de téléphone ne fonctionnera pas après-midi ?

— Oui, dit-il. J'utilise un graveur que je vais jeter quand nous raccrocherons. Je voulais te parler mais je ne voulais pas que Josephine ou qui que ce soit d'autre ait le moyen de me joindre ou de me trouver.

Tout cela a du sens, mais cela me fait aussi mal au cœur. Plus nous parlons de logistique, plus je réalise que je ne le reverrai probablement jamais.

— Puis-je te faire confiance, Olive ? demande Nicholas après une longue pause.

— Oui bien sûr.

— Est-ce que quelqu'un sait où tu es ?

Je secoue la tête.

— Olive ? Je ne t'entends pas.

— Bien sûr, non, désolée. Je ne suis pas à la maison en ce moment. En fait, je suis sur la route, je devais me vider la tête.

— C'est bien. Que penses-tu de faire un long voyage en voiture ? demande-t-il.

## 31

## OLIVE

APRÈS AVOIR RACCROCHÉ, je passe chez Walmart et achète deux téléphones. L'un est peu couteux et jetable et je vais l'utiliser pour l'appeler, le second est un smartphone classique que je peux utiliser pour consulter mon courrier électronique entre autres choses. J'écris tous les numéros importants dans mon téléphone d'origine avant de le laisser dans ma maison de location.

Je ne sais pas si toutes ces précautions sont nécessaires, mais je ne veux pas prendre plus de risques qu'absolument nécessaires. Je n'ai aucune intention de conduire la police ou qui que ce soit d'autre à Nicholas.

Je veux juste le voir une dernière fois.

La route au nord est longue mais à couper le souffle. Je conduis du désert de la Californie du Sud à Las Vegas, puis à l'Utah.

J'arrive sur de vastes chaînes de montagnes dont les sommets sont déjà recouverts de neige. J'aime la nature sauvage ici. Et le silence

Je conduis des kilomètres sans voir de villes ou de gens, à l'exception de quelques camarades conducteurs.

Dans une autre vie, j'aurais probablement eu peur d'être si seule, mais pas maintenant.

Toute la nature et le manque d'humanité me met à l'aise. Soudain, j'arrive à mieux respirer.

Lorsque je sors de l'Utah, je me rends dans l'Idaho, où les forêts s'épaississent et les arbres deviennent plus grands. Lorsque je m'arrête pour prendre un peu d'essence, je vois un pygargue à tête blanche tourner au-dessus de la tête et je l'observe pendant un moment jusqu'à ce qu'il s'envole.

Je n'ai plus grand-chose à faire, mais je sais que je ne peux pas y arriver ce soir. En outre, je ne suis pas sûre d'être prête à revoir Nicholas pour la première fois, de nuit. Je suis épuisée et j'ai besoin de repos.

Je m'arrête dans un Motel 6 et paie pour une nuit dans une chambre possédant des fenêtres en plexiglass à l'épreuve des balles. La pièce est assez belle, simple sans aucun détail.

Je pose mon sac sur le lit et me dirige directement vers la douche. L'eau chaude est agréable sur ma peau et je fais mousser mes cheveux avec le shampooing que j'ai apporté de la maison.

Lorsque je ferme l'eau, j'entends un miaulement fort venant de l'extérieur. Depuis que le soleil s'est couché sous l'horizon, le temps est devenu beaucoup plus froid et j'espère que ce chat a un endroit chaud pour dormir.

J'enroule mes cheveux dans une serviette et me laisse tomber sur l'un des lits. Il est souple mais assez dur, et au moins les coussins ont l'air neufs. Alors que je zappe les différentes chaines, j'entends à nouveau le miaulement.

Encore.

Et encore.

Je mets mon pantalon de pyjama, mes chaussettes et mes bottes, ainsi qu'un pull épais et un chapeau. Le motel est à double étage avec la porte de chaque chambre donnant directement à l'extérieur.

Ma chambre est au rez-de-chaussée et juste au bord, alors je me promène sur le côté pour voir d'où vient le son. J'aperçois un petit chaton blanc et gris se cachant sous un carton.

Sans autre pensée, je le ramasse et l'emmène à l'intérieur.

— Que fais-tu là tout seul ? Lui demandé-je en l'entourant de mes bras. Il semble aimer ça parce qu'il commence immédiatement à ronronner.

— Tu dois avoir si froid et si faim, dis-je en le caressant doucement.

Mes parents ne croyaient pas aux animaux de compagnie (leurs mots exacts, peu importe ce que cela signifie) et c'est pourquoi nous n'avons jamais eu d'animaux de compagnie.

Après s'être réchauffé dans mes bras, le chaton recommence à miauler. Je verse un peu d'eau dans un bol. Il prend quelques coups de langue puis miaule à nouveau.

— Ok, allons chercher de la nourriture, dis-je en

mettant mon manteau et en couvrant mes cheveux mouillés avec un chapeau.

Heureusement, il y a un dépanneur à la station-service juste en face de la rue. Ne voulant pas le laisser seul dans la pièce ou le mettre dehors, je le prends avec moi.

Je prends du lait et du thon en conserve avant de trébucher dans l'allée des aliments pour animaux domestiques et je prends juste quelques-unes de leurs plus belles boîtes de nourriture pour chats pour qu'elles durent quelques jours. Je prends une salade et un paquet de bretzels pour moi avec un ouvre-boîte.

De retour au motel, après avoir mangé tous les deux, nous nous blotissons ensemble et nous nous endormons.

Le lendemain matin, Solly me saute aux pieds vers cinq heures du matin et me réveille en miaulant de nouveau en demandant de la nourriture. J'ouvre une autre boîte de nourriture et me recouche.

Il est presque l'heure du départ lorsque je me réveille à nouveau avec une horrible odeur qui imprègne toute la pièce.

— Oh merde, dis-je en me pinçant le nez avec la main. J'avais complètement oublié qu'il aurait besoin d'un endroit pour aller aux toilettes et je ne lui ai rien acheté qui ressemble à un bac à litière.

Solly me regarde avec un air perplexe.

— Ne t'inquiète pas, tu n'as rien fait de mal. C'est moi qui suis bête, je le rassure.

Il n'y a pas de matériel de nettoyage ou de matériel tout court de sorte que je fais ce que je peux avec des serviettes en papier et du savon pour les mains.

Après avoir lissé mes cheveux pour éviter qu'il ne ressemble trop à un nid d'oiseau après avoir dormi dessus mouillés la nuit dernière, je me maquille et jette mes affaires dans mon sac. Ne réalisant pas que je n'ai pas l'intention de le laisser derrière, Solly s'assoit à côté de la porte d'entrée et me regarde avec de grands yeux les plus tristes que j'ai jamais vus.

— Bien sûr que tu viens avec moi, espèce de minou, dis-je en le prenant dans mes bras. Mais je pense que tu vas regretter ta décision. Nous allons être dans une voiture pendant un moment.

# 32

## OLIVE

QUAND ON VA LE VOIR...

Entreprendre un road trip est en quelque sorte un rite de passage en Amérique.

Cela implique de quitter la maison, généralement quelque part à l'est, et d'explorer un monde situé en dehors de votre zone de confort tout en voyageant dans les grandes villes et les petites villes, en traversant des ponts et des routes poussiéreuses.

L'une des plus belles choses à ce sujet est qu'elle incarne la vie, le voyage plutôt que la destination. Il s'agit d'aller quelque part, mais aussi du processus pour y arriver.

Dans mon cas, j'ai une faible idée de ma destination mais pas de ce qui va se passer lorsque j'y serai.

Nicholas et moi ne sommes plus ensemble et cela ne va pas raviver notre relation.

Je vais le voir une fois de plus. Je veux que les choses se passent bien entre nous, mais pas à ce qu'elles reviennent ce qu'elles étaient auparavant.

Je ne suis pas assez stupide pour penser que nous serons de nouveau ces personnes.

Vers midi, je conduis autour d'un immense lac dont les eaux scintillent au soleil. Je ne peux m'empêcher de m'arrêter et de prendre un selfie. Solly, qui est assis sur mes genoux depuis que nous avons quitté le motel, devient nerveux à cause du changement soudain d'environnement.

— C'est bon, je ne pars pas, dis-je.  Je ne fais que prendre une photo.

J'essaie d'en faire une où nous sommes ensemble, mais il refuse de coopérer.

Quelques heures plus tard, je vois le panneau indiquant Hungry Horse Reservoir. Je passe un petit pont et me dirige vers le camping par une route de gravier qui semble s'éterniser. La route est bordée des deux côtés par des pins imposants qui sont parfois entrecoupés de prairies.

— Est-ce que je vais dans le bon sens ? demandé-je à Solly qui ronronne simplement en réponse.

Je vérifie le réservoir d'essence. Au moins, j'en ai assez pour repasser au cas où j'allais dans la mauvaise direction.

Je passe le premier terrain de camping et continue. C'est plus bas. Dix kilomètres plus tard, je tombe sur une clairière.

Je conduis là-bas et regarde le réservoir ci-dessous. Sous le ciel bleu clair et sans nuages, l'eau semble parsemée de millions de diamants.

Je laisse Solly dans la voiture et sors. Je passe devant quelques pins et c'est là que je le vois, assis dos à moi sur une table de pique-nique improvisée.

Il porte une chemise à manches longues près du corps qui met en valeur tous les muscles de son dos.

D'une manière ou d'une autre, j'avais réussi à oublier à quel point il était attirant et le revoir me prend par surprise.

Ok, respirations profondes, me dis-je. Je commence à avoir des doutes.

Et si c'était une grosse erreur ? Et si je ne devais pas être ici ?

Avant de me rendre compte de ce que je fais, je me tourne les talons et commence à partir.

Ce n'est pas une mauvaise chose d'être ici, je ne suis pas sûre de pouvoir supporter de lui dire au revoir.

Je marche sur une brindille qui se brise avec un fort son craquant.

— Olive ? Olive ? Il se précipite vers moi.

Passant ses bras autour de moi, je reste quelques instants à sentir son souffle sur ma nuque.

Je me retourne lentement, voulant que ce moment dure le plus longtemps possible.

— Tu es venue, dit-il incrédule.

— Tu es là, je murmure.

Je veux qu'il m'embrasse. Je veux l'embrasser moi-même, mais le moment passe et nous nous éloignons tous les deux.

— C'est tellement agréable de te voir.

— Toi aussi, dis-je.

— Pourquoi étais-tu... en train de partir ? demande-t-il.

— Euh. Je peine à trouver la bonne façon de le dire. J'ai besoin de vérifier que mon chat va bien.

Il penche la tête sur le côté. Je pointe en direction de la voiture et lui montre mon petit ami.

Dès que j'ouvre la porte, Nicholas le prend dans ses bras et Solly commence à ronronner. Il le caresse avec amour encore et encore.

— Je l'ai trouvé à l'extérieur du motel hier soir. Il avait vraiment froid et faim.

— Oh, non, je suis tellement désolé, petit gars. Eh bien, tu es ici maintenant et rien de grave ne t'arrivera à nouveau.

Nos yeux se croisent quand il dit ça.

Je prends une profonde inspiration. J'aimerais qu'il dise la même chose de lui-même. Lorsque nous nous regardons un peu trop longtemps, je suis la première à détourner le regard.

— Allez, laisse-moi te montrer, dit-il.

Je me dirige vers le camping-car et regarde le lac en-dessous. Je peux voir l'autre côté du lac mais pas son étendue à gauche ou à droite de moi.

— Cet endroit est immense, dit Nicholas. J'en ai exploré une partie et je n'ai fait que quelques virages. C'était avant que je regarde la carte et réalise précisément combien il est grand.

— C'est beau, dis-je en regardant le faucon qui tourne au-dessus de nos têtes. Il tourne son attention vers son camping-car. Ce n'est pas un de ces énormes plateaux populaires auprès des musiciens qui sillonnent le pays, mais c'est sympa. Lorsque je monte dans l'escalier, Nicholas tend la main pour m'aider à entrer et une décharge électrique me traverse.

Il y a une petite cuisine à gauche face à une table de salle à manger. Le siège du conducteur est à droite et, à l'extrême gauche, un lit immense s'ouvre à nous.

— Wow, tu as tout ici, dis-je en regardant la porte menant à la salle de bain.  Je n'ai jamais été à l'intérieur.

— J'aime beaucoup, dit-il.  Cela me fait apprécier les choses simples de la vie.

Par la fenêtre, je vois un ancien modèle Honda Accord.

— C'est ma voiture, explique-t-il.

— Tu as acheté ça aussi ?

— Non, c'était ici. C'est une location, un arrangement temporaire.

— Donc, tu ne restes pas ici ? je demande.

— Je ne peux pas, dit-il en haussant les épaules. Ne comprenant pas, je fronce les sourcils.

— Tu sais où j'en suis, dit Nicholas d'une voix intense sans perdre de temps.  Une fois que tu partiras, il ne serait pas prudent pour moi de rester ici.

---

## 33

## OLIVE

### QUAND ON VA LE VOIR...

*QUAND JE PARS*. Ses paroles résonnent encore et encore dans mon esprit. Elles ont une finalité.

Un point final.

Je me surprends à retenir mes larmes. Je ne suis pas venue ici pour me remettre avec lui, mais je ne suis jamais venue ici avec la certitude que ça serait la fin.

Le fait qu'il dise cela à haute voix est comme un clou dans le cercueil de notre relation.

Nicholas me sert une tasse de thé et nous nous asseyons au coin-repas, l'un en face de l'autre.

— J'aime cet endroit, dis-je en buvant une gorgée de thé à la menthe.

— Moi aussi.

— Je suis surprise.

— Moi aussi, il rit.

— Pourquoi es-tu venu ici de tous les endroits ?

Il inspire lentement puis expire encore plus lentement.
Puis il regarde par la fenêtre. Il se peut que le fait
d'être au milieu de nulle part me rend difficile à
trouver, dit-il. Mais la vérité est que je devais partir.
Après toute cette extravagance, il fallait que je renoue
un peu avec la nature.

— Eh bien, c'est le jackpot.

— J'avais besoin de me sentir à nouveau comme une
personne. Quelques personnes ont campé ici, mais
tout le monde reste fidèle à lui-même. C'est bien.

Je lui en demande davantage sur ce qui s'est passé
après son départ et il me donne des détails.

— Quand nous avons parlé de fuir, ce n'était
certainement pas ce que j'avais en tête, dis-je avec un
sourire.

— Ouais, pas d'hôtels cinq étoiles ni de restaurants de

luxe et de centres de villégiature pour moi. Du moins pas pour un moment.

— Tu penses que cela changera un jour ? demandé-je et il hausse les épaules.

Lorsque la faim nous gagne, il fait griller du pain à l'ail.

Je fais une salade et nous piochons dedans. Il demande comment tout s'est déroulé pour moi et cette fois, je lui dis toute la vérité et rien que la vérité.

Je ne garde aucun détail.

Quel serait le but ? Je ne le reverrai probablement jamais donc je ferais mieux de ne rien laisser de côté.

Nous continuons à parler alors que le soleil plonge sous les pins à l'ouest et disparaît dans un autre endroit du monde.

Lorsque j'ai froid, il me propose un sweat-shirt à enfiler.

Quand Solly se frotte sur sa jambe, il le prend et le serre dans ses bras.

— Je n'ai jamais vu cette partie de toi, dis-je en souriant.

— J'aime les animaux, dit-il. Ils ne mentent pas. Ils ne trichent pas. Ils ne veulent qu'une chose, l'amour, et c'est la seule chose que chacun d'entre nous doit donner.

Je hoche la tête, caressant Solly aussi.

Il ferme les yeux de plaisir.

— En outre, celui-ci est un peu spécial. Il aime aussi quelqu'un que j'aime.

Qu'est-ce qu'il vient de dire ? Je lève les yeux vers lui.

— J'aurais dû le dire il y a longtemps, Olive. Je savais que je t'aimais après seulement quelques jours en ta présence. Et pourtant, je ne pouvais pas me résoudre à le dire. C'était si bête. Je n'ai jamais entendu personne le dire en grandissant et je suppose que ça m'a échappé.

— De quoi parles-tu ? je demande calmement.

— Je t'aime, Olive. Je t'ai aimé depuis notre rencontre et je t'aimerai toujours.

Je déglutit fort.

Je regarde dans ses yeux profonds, ne sachant pas exactement quoi lui dire. Non ce n'est pas vrai. Je sais exactement ce que je devrais dire. Je dois lui dire que je l'aime aussi. Je dois passer mes bras autour de lui et appuyer mes lèvres sur les siennes. Mais quelque chose me retient.

— Tu n'as rien à dire en retour. Nicholas pose son doigt sur mes lèvres lorsque j'ouvre la bouche. Ce n'est pas à propos de ça. Je voulais juste que tu le saches. C'était l'un de mes plus grands regrets de notre temps passé ensemble.

Après avoir prononcé les mots que j'attendais d'entendre depuis tout ce temps, Nicholas se lève et débarrasse la table.

Il lave la vaisselle dans l'évier et me propose autre chose à boire.

Je jette un coup d'œil sur l'heure et constate qu'il doit être presque neuf heures.

Je m'étais promis de partir avant la nuit, mais c'était il y a très longtemps.

— Il se fait vraiment tard, je pense que je ferais mieux d'y aller.

— Est-ce que tu repars maintenant ?

— Non, j'allais rester dans un motel en ville.

Il acquiesce, ses épaules s'abaissent.

— Quoi ? je demande.

— Pourquoi ne restes-tu pas ici ? suggère-t-il.

Je le regarde de haut en bas. La façon dont sa chemise lui colle, je peux voir pratiquement tous les contours de ses abdominaux .

Ses épaules sont larges et fortes et ses avant-bras ont des veines bien définies. Il se lèche les lèvres et je sens mon cœur battre fortement.

Quand il se penche sur le comptoir, ses cheveux lui tombent sur le visage. Mes genoux commencent à se sentir faibles.

— Non, ce n'est pas une bonne idée, marmonné-je.

Je ne me fais pas confiance lorsque je suis en présence.

— Écoute, je ne fais rien là. C'est un long chemin pour retourner en ville dans le noir complet. J'ai une tente avec moi. Pourquoi ne restes-tu pas dans le camping-car et je vais dormir dehors ?

— Une tente ?

— Oui, c'est parfaitement confortable. Je l'ai utilisé plusieurs fois lors de randonnées nocturnes.

J'ai fait de la randonnée aussi, je pense. As-tu pensé à moi autant que j'ai pensé à toi ?

— Ouais, peut-être que je vais faire ça. Je ne veux pas déranger Solly à nouveau, dis-je, en montrant la petite boule de poils dans le coin du coin-repas.

Une demi-heure plus tard, je suis allongée dans le lit de Nicholas et je me plonge dans son parfum.

Il n'a pas changé de draps mais je ne l'aurais pas fait autrement.

Je respire profondément son odeur et me perds dans son arôme. Je ne réalise pas à quel point il m'a manqué jusqu'à ce moment précis.

## 34

### OLIVE

JE DORS PROFONDÉMENT pendant quelques heures, puis le son du jappement me réveille. Cela surprend aussi Solly, car il me saute dessus et me force à le tenir fermement. Un jappement en suit un autre et un autre.

— Ce n'est pas grave. je murmure à son oreille. Ça va. Ce ne sont que des coyotes, mais ils sont très loin d'ici.

Avant que le jappement ne disparaisse au-dessus des collines, j'entends la porte s'ouvrir légèrement. Mon cœur bat la chamade.

Qui est-ce ?

J'entends les pas dans l'escalier avant que la porte grince et se ferme. Toujours accrochée à Solly, je me dirige vers le bord du lit et regarde.

— Oh mon Dieu, tu m'as fait peur, dis-je en laissant échapper un soupir.

— Tu es réveillée ! Je suis vraiment désolé. J'avais juste vraiment soif et j'avais oublié d'apporter de l'eau avec moi.

— C'est bon, pas de panique, dis-je en posant Solly sur le lit et en entrant dans le salon.

Je le regarde se servir un verre et prendre quelques grandes gorgées.

Nicholas ne porte pas de chemise et son corps scintille au clair de lune. Son pantalon est bas sur ses hanches, exposant ainsi cet ensemble de muscles en forme de v parfait qui mène à l'aine.

Je me lèche les lèvres et me également un verre d'eau.

— Je suis vraiment désolé de vous avoir réveillé, dit-il.

— Non, non. En fait, je me suis réveillée à cause des coyotes.

— Oui, ils aiment chanter leurs chansons tard dans la nuit.

Après avoir fini mon eau, je remis le verre sur la table, à côté du sien.

— Comment est le lit ? demande-t-il, essayant peut-être de gagner du temps pour rester ici un peu plus longtemps.

— C'est beaucoup plus confortable que le lit du motel dans lequel j'ai dormi la nuit dernière.

— Bien, je suis content d'entendre ça. Tu devrais te reposer.

Je devrais faire demi-tour et retourner là-bas mais je n'arrive pas à bouger les pieds. Il devrait se retourner et sortir par la porte mais il ne bouge pas non plus. Au lieu de cela, nous continuons à rester là, l'un à côté de l'autre, à nous regarder dans les yeux.

Lorsque je bouge la tête, une mèche de cheveux me tombe au visage. Je la cache derrière mon oreille mais elle se libère à nouveau.

Cette fois, Nicholas tend la main.

Il passe délicatement sa main sur ma joue et remet les

cheveux en place. Quand je le regarde, sa main reste là, cajolant mon visage.

Des frissons me parcourent le dos et mes tétons se durcissent contre ma chemise. Je résiste à l'envie de déplacer mon poids d'un pied à l'autre par peur ou en éloignant mon visage de sa paume.

Quand je le regarde dans les yeux, l'homme que je connaissais a disparu.

Lorsque nous nous sommes rencontrés, il était réservé et froid, confiant et pourtant inaccessible.

Et maintenant, debout dans cette pièce au milieu de nulle part, je vois tout à coup l'homme qu'il est vraiment. Sans les accoutrements, l'argent ou les mensonges, c'est l'homme dont je suis amoureuse.

Les lèvres de Nicholas s'ouvrent légèrement tandis qu'il approche sa tête. Il cligne des yeux et brise nos regards avant de relever ma tête et de pousser ses lèvres sur les miennes.

Ma bouche s'ouvre et nos langues se touchent. Notre baiser est doux au début tandis nous nous sentons l'un l'autre mais ensuite nous nous souvenons de cette vieille danse familière et soudain nous valsons ne faisant qu'un.

— Je t'aime, je murmure à travers le baiser.

Il ne s'éloigne que légèrement pour me regarder à nouveau.

— Je t'aime, je me répète encore et encore. Je t'ai aimé pendant longtemps, mais je n'arrivais jamais le dire à voix haute non plus. C'est la raison principale pour laquelle je suis venue ici. Je ne pouvais pas vivre sans te dire quelque chose d'aussi important face à face.

Dans mon esprit, mes paroles coulent doucement et avec éloquence, comme si elles étaient prononcées par Meryl Streep, mais en réalité, elles sont confuses et incontrôlables.

— Je t'aime aussi, chuchote-t-il et me prend le bras.

Nos doigts s'entrelacer et nous nous embrassons à nouveau.

Il me pousse contre le comptoir, son corps puissant appuyant fort contre mon doux corps.

Quand je lâche sa main, je passe mes doigts dans son cou, puis dans ses cheveux. Ses mains se frayent un chemin dans mes cheveux, tirant mon menton vers le haut avec chaque pression.

Son souffle remplit ma bouche jusqu'à ce qu'il tourne la tête et commence à me mordiller le lobe de l'oreille. À chaque petite morsure, le contour de sa queue pousse plus fort contre mon os pelvien.

Ses mains montent et descendent le long de mon corps, ressentant chaque courbe et chaque contour. Se faufilant à travers ma chemise, il trouve mes seins et caresse doucement l'un , puis l'autre, alors qu'il continue de dévorer ma bouche.

La passion que je ressens est difficile à décrire. Elle submerge mes sens et rend la respiration difficile. Et lorsque que je suis en proie à cette passion , j'ai le sentiment qu'elle ne s'arrêtera jamais, comme si c'était une cascade remplissant et surchargeant un petit verre d'eau.

D'un geste doux, Nicholas met la chemise par-dessus ma tête et tout à coup, mes seins sont exposés au froid de la nuit. Les voyant se couvrir de chair de poule, il s'agenouille et prend un mamelon dans sa bouche tout en couvrant l'autre avec sa main.

— Il va falloir faire quelque chose pour te réchauffer, marmonne-t-il.

Ma peau est peut-être froide mais je n'ai pas froid à l'intérieur. En fait, mon corps a l'air est semblable à une fournaise.

Il attrape ma jambe et l'enroule autour de son torse. Il y a encore des couches de vêtements séparant nos corps alors qu'il commence à bouger ses hanches d'avant en arrière. Il guette ma réaction, me taquine.

— Tu aimes ça ? demande-t-il. Tout ce que je peux faire, c'est gémir.

Il me conduit dans la chambre même si je peux à peine marcher. Je veux grimper sur lui et le pousser au plus profond de mon être, mais pour l'instant, nous sommes toujours habillés.

Je tire sur sa cordelette et quand son pantalon tombe, il en sort. Puis il me soulève et me jette sur le lit. Avant que je réalise ce qui se passe, il grimpe sur moi, mais avec sa tête éloignée de la mienne.

Mes jambes s'ouvrent toutes seules alors que ses lèvres remontent le long de mes jambes. Mes mains et ma bouche trouvent son pénis. Il aussi bon que je m'en souvienne. Sa langue joue avec mon clitoris tandis que ses doigts tourbillonnent en moi. Nos corps commencent à bouger ne faisant qu'un et un sentiment d'euphorie me submerge.

Il me pousse aussi presque à jouir avant de son sortir son pénis de mon entrejambe.

Quelques instants plus tard, il se retourne et presse sa bouche contre la mienne. Nous nous embrassons à nouveau alors qu'il pousse son corps contre le mien.

J'aime le sentiment d'être sous lui. Je regarde ses fortes et puissantes épaules monter et descendre à chaque poussée.

Nos lèvres restent collées que lorsque cela est absolument nécessaire. À un moment donné, j'ai même eu le souffle coupé, après avoir oublié de respirer.

Lorsque ses coups deviennent plus rapides et plus puissantes, mon corps s'ouvre à lui comme une fleur dans la rosée du matin.

À chaque mouvement, je le pousse de plus en plus en moi pour ne jamais le laisser partir.

Soudain, un feu s'est allumé. Je laissai échapper un geignement puis un long gémissement.

Il presse son corps contre le mien et me pousse de manière régulière jusqu'à ce qu'une sensation de chaleur apaisante se crée en moi et finisse par me circuler dans les veines.

Quelques instants plus tard, il entre et sort de moi une dernière fois avant de s'effondrer sur le lit entièrement épuisé.

_____

## 35

## NICHOLAS

### QUAND JE ME RÉVEILLE...

NOUS RESTONS LONGTEMPS dans les bras de l'un l'autre, cette nuit-là, dormant puis parlant de rien et de tout ce qui nous avait manqué pendant notre séparation.

La seule chose dont nous ne parlons pas est la rupture. J'espère que nous pouvons prétendre que cela ne s'est jamais produit, mais je n'ose pas en parler.

Quand elle me dit qu'Owen m'a vendu, je veux lui donner un coup de poing.

Mais quand j'apprends qu'il a essayé de l'attaquer et même de la violer, je veux le tuer. Les gens disent ça tout le temps sans vraiment le vouloir, mais je ne l'ai jamais fait. Donc, quand je dis que je le veux mort, c'est exactement ce que je veux dire.

Dans la matinée, je prépare un petit-déjeuner composé de crêpes et d'œufs. Nous mangeons à la table de pique-nique surplombant le lac. Les oiseaux volent au-dessus de nos têtes et quelques écureuils caracolent près des arbres. Je suis allé dans de nombreux hôtels cinq étoiles mais je n'ai jamais été dans un endroit aussi beau.

Quand j'ai trouvé cet endroit pour la première fois, je pensais avoir trouvé le paradis. Mais quand elle est arrivée ici, j'ai su que c'était le paradis.

— Alors, que faisons-nous maintenant ? demande Olive en prenant une bouchée de son pancake.

— Nous pouvons faire une randonnée ensemble. Il y a un très bel endroit à trois kilomètres environ que tu vas adorer.

— Ça a l'air parfait, dit-elle, se penchant au-dessus de la table et me donnant un baiser mouillé infusé de sirop d'érable.

— Je t'aime, Olive, dis-je lorsque nous nous éloignons enfin l'un de l'autre.

— Je t'aime aussi. murmura-t-elle en retour.  Pourquoi ne pas se l'être dit avant ?

— Parce que nous étions stupides et immatures ? je suggère et elle rit.

Je ne plaisante cependant qu'à moitié. Tout le monde n'a pas une seconde chance de réparer une erreur et je sais que je suis très chanceux d'être dans cette catégorie.

Sinon, j'aurais passé toute ma vie à regretter de n'avoir jamais dit à la femme que j'aime que je l'aimais.

— Je dois te dire quelque chose, dit-elle, son visage devenant soudain très sérieux.

— Dis-moi n'importe quoi.

Elle secoue la tête alors que ses joues deviennent rouges de gêne.

— Tu te souviens du Monet que tu m'as donné ? demande-t-elle. Je hoche la tête, mais elle ne continue pas.

— Ce n'est pas grave, peu importe ce que c'est, dis-le-moi, je la pousse.

— Je suis tellement stupide, dit Olive en secouant la

tête. J'ai fait confiance à Owen pour le mettre dans un endroit sûr. C'était avant tout cela. Avant de savoir qui il était vraiment.

Son corps commence à trembler mais je passe simplement mon bras autour d'elle.  — Ça va. Quoi que ce soit, nous allons le gérer.

— Il est parti.

— Disparu ?

— Et bien, je ne sais pas s'il a disparu, mais Owen a été arrêté et je doute qu'il ne me dise jamais où il se trouve maintenant.

— Ce n'est pas grave, dis-je sans perdre de temps. Je suis sûr que nous le trouverons et si ce n'est pas le cas... c'est juste de l'argent. Ce n'est pas aussi grave que ça.

Elle pose sa tête sur mon épaule, l'air soulagée. Je suppose qu'elle pensait vraiment que je serais en colère contre elle pour ça.

Mais je ne mentais pas. L'argent était la seule chose qui comptait pour moi.

Mais avec elle sur mon bras, je réalise à quel point

j'étais pauvre lorsque je possédais des millions à mon nom et à quel point je suis riche à présent.

Je prends les assiettes à l'intérieur et les lave dans l'évier. Olive les sèche et les replace sur l'étagère. Une fois la dernière assiette rangée, je la prends dans mes bras et l'embrasse à nouveau.

— Que penses-tu de t'amuser davantage au lit avant de partir en randonnée ? demandé-je.

Ses yeux s'illuminent et elle attrape mes bras et me tire vers le lit.

Quelques instants plus tard, un grand bruit retentit à l'entrée principale. Elle s'ouvre et deux hommes vêtus d'un équipement pare-balles se précipitent à l'intérieur, pointant leurs armes sur nous.

— FBI ! Vous êtes cernés ! Descends lentement et lève les mains ! crie l'un d'eux.

Le cœur battant à toute allure, je m'exécute.

À travers la fenêtre, je vois quatre voitures banalisées et au moins quinze hommes portant une veste de combat du FBI. Ceux qui se trouvent sur la ligne de front utilisent les portes de leurs véhicules comme boucliers et sont placés avec leurs armes à feu prêtes à être tirées.

— Nicholas Crawford, dit quelqu'un en me tordant le bras derrière le dos. Vous avez le droit de garder le silence et de refuser de répondre aux questions. Tout ce que vous direz pourra être utilisé contre vous par un tribunal.

Tout bouge au ralenti.

Je jette un coup d'œil à Olive.

Elle tient un main en l'air à moitié et essaye de tenir un drap devant ses seins nus de l'autre moitié.

— Vous avez le droit de consulter un avocat avant de parler à la police et d'avoir un avocat présent lors des interrogatoires, maintenant ou à l'avenir.

Mes yeux cherchent Olive mais elle ne cesse de regarder les agents.

Aucun d'entre eux n'a déposé ses armes jusqu'à ce qu'ils me sortent du véhicule de plaisance, menotté et complètement nu.

Lorsqu'ils me mirent à l'arrière d'une voiture, je me retourna dans l'espoir de la revoir.

Est-ce qu'elle a fait ça ? Est-ce qu'elle m'a trahi ?

---

.

MERCI D'AVOIR lu Dis-moi de me Lutter !

J'espère que vous avez aimé l'histoire de Nicholas et Olive. Pressé de connaître la fin ?

1-Click Dis-moi de Mentir tout de suite !

Il fut un temps où ma dette était le seul lien que nous avions.

Il fut un temps où je ne pouvais pas lui dire à quel point je l'aimais et il ne pouvait pas me dire.

Il fut un temps où je pensais ne jamais avoir assez d'argent.

**Maintenant, tout est différent.**

Nicholas Crawford est un étranger qui devient de plus en plus étrange à chaque instant.

**J'avais l'habitude de penser que je pourrais faire une vie avec lui, mais maintenant je n'en suis pas si sûre.**

Nous avons trop vécu.

Mais il fait un pas de plus.

Puis il me dit quelque chose à l'oreille.

Puis appuie ses lèvres sur ma bouche.

Tout à coup, tout ce qui n'allait pas commence à sembler parfait...

.   .   .

*LISEZ LA CONCLUSION épique de la série addictive Dis-moi de l'auteur à succès Charlotte Byrd.*

1-CLICK DIS-MOI DE Mentir tout de suite !

INSCRIS-TOI à ma Newsletter pour être prévenu de la sortie de nouveaux livres !

Tu peux aussi t'inscrire à mon groupe Facebook, Charlotte Byrd's Reader Club, pour des cadeaux exclusifs et des extraits de futurs livres.

J'apprécie énormément votre soutien et de vous voir partager mes livres avec vos amis. Les commentaires aident beaucoup de nouveaux de lecteurs à trouver mes livres ! Laisse-moi une critique sur ton site préféré.

# INSCRIS-TOI À MA NEWSLETTER !

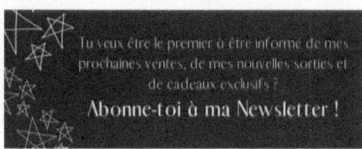

## À PROPOS DE CHARLOTTE BYRD

Charlotte Byrd est une auteure de best-sellers de romans contemporains. Elle vit en Californie du Sud avec son mari, son fils et un berger australien plein d'énergie. Elle adore les livres, le beau temps et les grandes eaux bleues.

Contactez-la ici : charlotte@charlotte-byrd.com

Trouvez ses autres livres ici : www.charlotte-byrd.com

Suivez-la ici : www.facebook.com/charlottebyrdbooks

Instagram : www.instagram.com/charlottebyrdbooks

Twitter : www.twitter.com/ByrdAuthor

Groupe Facebook : Charlotte Byrd's Reader Club

Tu veux être le premier à être informé de mes prochaines ventes, de mes nouvelles sorties et de cadeaux exclusifs ?

Abonne-toi à ma **Newsletter** et rejoins mon **Club de Lecteur** !

LIVRES DE CHARLOTTE BYRD

**Tous les livres sont disponibles chez TOUS les grands distributeurs !**

Si tu n'arrives pas à les trouver, s'il te plaît, envoie-moi un e-mail à l'adresse charlotte@charlotte-byrd.com

### Série Soirée interdite

Soirée interdite

Règles interdites

Liens interdits

Contrat interdit

Limites interdites

### La trilogie de La maison de York

La maison de York

La couronne de York

Le trône de York

## Série Emmêlée Dans La Glace

Emmêlée Dans La Glace

Emmêlée Dans La Douleur

Emmêlée Dans La Dentelle

Emmêlée Dans La Haine

Emmêlée Dans l'Amour

## Série Dis-moi d'Arrêter

Dis-moi d'Arrêter

Dis-moi de Partir

Dis-moi de Rester

Dis-moi de Fuit

Dis-moi de Lutter

Dis-moi de Mentir

www.ingramcontent.com/pod-product-compliance
Lightning Source LLC
Chambersburg PA
CBHW051955240626
47153CB00005B/1761